John Gardner

Jottiana,

A Poem in Eleven Chirls

John Gardner

Jottiana,
A Poem in Eleven Chirls

ISBN/EAN: 9783744771610

Printed in Europe, USA, Canada, Australia, Japan

Cover: Foto ©Andreas Hilbeck / pixelio.de

More available books at **www.hansebooks.com**

JOTTIANA.

A Poem in Eleven Chirls.

BY

JOHN GARDNER,

Author of "The Sparks of Steel," etc.

GLASGOW:
THOMAS MURRAY AND SON.
EDINBURGH: PATON AND RITCHIE.
LONDON: ARTHUR HALL, VIRTUE AND CO.

1862.

They say that words and signs have power
O'er sprites in planetary hour.
> —Scott's "*Lay of the Last Minstrel.*"

Ah no! the voices of the dead
Sound like a distant torrent's fall!
> —Byron's "*Hymn to Modern Greece.*"

That Bards are second-sighted is nae joke,
And ken the lingo of the sp'ritual folk.
> —Burns' "*Twa Brigs.*"

O once again to Freedom's cause return,
The patriot Tell, the Bruce of Bannockburn.
> —Campbell's "*Pleasures of Hope.*"

How strangely high endeavours may be blest
When piety and valour jointly go!
> —Dryden's "*Oliver Cromwell.*"

Taught by the heavenly muse to venture down
The dark descent, and up to re-ascend.
> —Milton's "*Paradise Lost.*"

CONTENTS.

ERRATA.

At Page 27, 18th line, *for* "aftens" *read* "aften."
At Page 47, 16th line, *for* "roo" *read* "row."
At Page 98, Title, *for* "Wisely" *read* "Wiseley."

INTRODUCTORY ADDRESS TO SCOTLAND.

I.

I HAIL thee, Scotland! dearest land o' a'
On whilk the sun is shinin' day by day,
'Tis from thy charms an' glory that I draw
The power to warble this wil' varied Lay;
I've glowed lang evenings owre thy history,
As gran' as ony whilk invites the min';
I've gazed entranced upon thy scenery
In a' its phases, while owre't a divine
Mist-like irradiance gleamed frae days o' auld lang syne.

II.

I glory in my country's liberty,
Whilk cost our fathers much in days gane by,
As in our ever-charmin' history
Is written to whae'er may turn his eye;
The freedom by whilk we can still defy
Whae'er may pass to chain our thoughts an' tongue,
But freely think an' freely speak forby
O' whatsoe'er concerns the State, among
Those wham our lot may chance at present to be flung.

B

III.

Time was, the poet sung of men in arms
(Though ever mindfu', woman, o' thy smile)
As the chief theme his listening circle charms;
For then they were the power to wham the while
Men looked to keep them free an' tyrants sp'il;
Men looked to them in the lang days awa'
As the best guardians o' our rockin' isle,
Whilk, yet unsettled, aften feared to fa'
Into the tyrant's power whose will's his only law.

IV.

But times are changed an' sae are weapons too,
Public opinion now controls the State,
An' we in men o' intellect now view
The heroes o' our rights, for they abate
Our misconceptions drawn from earlier date,
Expand the public min' an' give it light,
An' thus enable it wi' things o' weight
To cope mair ably an' to judge what's right,
An' keep the brave auld ship sailing secure an' tight.

V.

Burns, Byron, Scott, Gibbon, Chalmers, Miller too,
Are thus amang the warriors o' the day,
An' mony mair wha will rise up to view,
Not quite forgettin' them wha in the fray

In Parliament meet an' tilt chivalrously,
The Bench, the Bar, the Pulpit an' the Press
Are mair or less conspicuous in th' array;
While Platforms are like battle-fields an' (less
Gran') cracks at nicht 'mang cronies maybe owre a gless!

VI.

The Poet's ever a true lover o'
The freedom whilk we Britons prize sae weel,
He canna mount where tyrants owre him throw
The net o' stern restriction, nor there feel
His spirit glow until his brain does reel
Wi' the high flight to which his wings hae borne,
But, mindfu' aften o' the Commonweal,
He'd feel himsel' o' half his vigour shorn
If roun' his mountin' spirit shackles too were worn.

VII.

An' thus he sweetly sings o' liberty,
Whilk sangs sink in the people's hearts, an' rise
Aft to their tongues which chant them merrily,
An' keep alive their love o' Freedom's prize—
FOR 'TIS A PRIZE TO WATCH WI' JEALOUS EYES.
—I mourn thee, France! but some ane must bear sway,
An' freedom ever runs beneath thy skies
To licence an' a dread uncertainty,   [gay.
Worse far than sway like that 'neath whilk ye live sae

VIII.

"The Empire's peace!" Napoleon III. ance said,
An' hit the time's mark wi' unerring aim,
For folk noo think eneugh o' life's been shed
In past wars' furious an' heart-rending game;
I'm sure sae lang's he pleases you at hame,
An' weel respects the ithers' sovereignty,
Great Britain winna seek to try to tame
The pride o' your brave eagle, while his sway
Will still be owned an' honoured by Her Majesty!

IX.

The wolves o' Rome amang your thousands prowl,
An' dread the freedom whilk has blessed thee whiles,
An' sae they stir the strife an' swell the howl
Whilk herald Freedom's downfa' when her smiles
Are beaming sweet owre thy far sweep o' miles;
An', to my thought, ye've made the wisest choice
O' him wha noo a' thy strife reconciles;
An' when ye learn to watch your han' an' voice,
His interest is wi' Freedom your hearts to rejoice.

X.

Eneugh, eneugh! 'twas Scotland whilk I meant
To sing to noo, but her concerns are sae
Mixed up wi' ither lands my Muse has bent
Her flight far south ere I could say her nay;

I hope the following Chirls fon' yet may
"Find favour in her sight" an' glad her soul;
I love her fame, an' offer this my Lay
As a new leaf for her braw wreath whose whole
Ring is as fair as ony land's frae pole to pole.

XI.

An' could I warble o' my native realm,
Nor min' her swell of mountain-land where I
Hae aften felt deep joy my heart owrewhelm,
Dwalt owre its beauty an' sublimity
Wi' deep, abiding, loving ecstacy,
Seen a' its varied show until sae fair
It seemed, I yet must sing its majesty;
But, meanwhile, nearer hame my sweep I bear,
An' for some Highland flight, I hope, my wings prepare!

JOTTIANA.

CHIRL I.

The Steeple and the Tower.

My dear auld Ruglen! ance again I tak'
Into my haun the pen that ne'er did lack
To work for thee, when it could serve thy cause
In formin' library 'gainst whims and thraws,
In helpin' to bring wells to every street,
An' ocht that could the public favour meet;
"While the kindling of life in this bosom remains," *
I'll be proud to help thee in thy joys an' thy pains.
  Ah! how can I but love thee since my best
An' sweetest joys were suckled at thy breast?
By placid Clyde, a "toddlin' wee thing," I
Learned to pu' flowers wi' rapture-melting eye;
Until in breeks an' jacket bravely dressed,
I learned to wanton on the river's breast;
In sweet Stonelaw I wiled the truant hours,
On soorocks fed an' joyed amang its bowers,

* See Campbell's *Lochiel.*

Or speeled the trees, or 'roo the breckau pressed,
Or lap the burn to seek the birdie's nest;
By Whorlpit-road I aften strolled awa',
Till restin' lang in lofty Cathkin's shaw,
By Blairbeth then, or Castlemilk, or by
Sweet Burnside Loch cam' dancin' hame fu' sly;
An' thocht wha dwalt ayont our ain auld toon
Were to be pitied—even by the Doon!

Wi' what a gleefu' heart I used to meet
My chums at rounders in the open street,
At bools an' boolin', shinty, tig, hy-spy,
Smugglers an' prison-base when school was by,
Or at the twal-hours when the day was fair;
An' then, hurrah for rain! for we were where
The lassies met in porch, or room, or shed,
—Woul' ye like to ken what we did and said?

Ye Ruglen belles! your name inspires my strain,
Your smiles like Muses shine in on my brain,
Ye min' the schule—ah! don't forget the dance,
The parties, an' the stooks when stars did glance,
I'll min' ye while life warms the fiery blood
Whilk courses 'roo me like a flamin' flood!

We're gettin' aulder but we're yet fu' young,
But you, my mates, to whom I jist hae sung,
Can turn the leaves o' memory and tell
O' mony changes ye hae seen yoursel':
A braw new kirk, a manse, a schule, a bank,
Wi' giant Glasgow, too, we noo can rank

For names an' lamps an' water, "pegs" wi' beats
In our auld-fashioned but our bonny streets;
An' last o' a', a gran' braw-busked Ha',
Wi' tower an' turrets seen frae far awa'.

    I dandered my lee lane the tither nicht,
About the time the hours speel to their heicht,
An' passin' our auld kirkyard jist aneth
The new braw Ha', I nearly tint my breath
At sicht o' a strange, elf-like figure on
The dear auld steeple whilk we lo'e sae fon';
An' turnin', I coul' see anither high
Up on the Ha' tower, atween an' the sky;
Baith dark an' flutterin' were they, but the last
In size an' figure far the first surpassed.

    Ilk for a while flew roun' an' roun' ilk tower—
The first ilk buttress traced wi' judgment sure,
Surveyed the slatin' an' the belfry scanned,
An' seemed to think that a' was nicely planned;
Flew up an' stroked the cock that jist ance flew,
An' on a midden lit to instinct true;
This done, she said, "Bless the auld Gothic pile,
Its like is no' within fu' mony a mile;
Auld Ruglen may be proud o' sic a steeple
Built lang, lang syne by far, far distant people;
I kenna whaur the likes o't may be seen—
But saf's! what's that owre there afore my een?"

    This while the tither sprite was thrang at wark,
Ilk ornament o' the new tower to mark,

Turret an' turret she thrice owre surveyed,
An' ilka jink-an'-gee thing it displayed,
Then looked disdainfu' where the auld spire rose,
An' saw her sister sprite her form disclose,
An' thus began to sneer at the auld steeple,
Thinkin', nae doubt, she spak' for a' the people.

TOWER SPRITE.

Auld donnered bodie! ye've leeved lang eneugh;
'Od, but ye maun hae been baith doure an' teugh
T' hae stood it 'roo sae mony hunder year—
But ye may gang, we've nae use for ye here,
An' dinna think I am the least ill-bred,
I only warn you you're on your death-bed;
An' tak it kin' o' me to condescen'
This timely message unto you to sen'.

STEEPLE SPRITE.

Lang-shanked cuif! the auld Scots proverb's true,
If ever 'twas in ony 'tis in you,
"Lang-stalked wheat has aft a thowless head,"
Or ye woul' ne'er to me sic lesson read.
Although I'm auld I'm fresh as is the oak,
An' Time has woven me an honoured cloak;
Ye are but young but daily ye grow auld,
An' woul' ye like if people shoul' grow cauld
An' caulder to you ilka day ye stan';
Gae 'wa', ye cuif! again' yoursel' ye turn your han'.

TOWER SPRITE.

Puir tavered creatur'! far aboon you I
Lift my braw head to ilka passer by;
Aneth my arch the lads and lassies shune
Sall coupled pass the nicht in mirth to droon;
An' coaches sall be seen low at my feet,
Drive 'roo the crowds that gather on the street
To see the happy youths that sit within
Loup out, an' glide to swell the scene an' din;
An' mony an e'e sall be upturned to me
To praise my grande'r ere they parted be.
But what hae ye to show, or to draw crowds?
'Tis time that ye had trysted your sad shrouds.

STEEPLE SPRITE.

It's true I'm no' the gullet to a Hall,
Where merry steps sall mingle in the ball;
But I'm the hoary sentinel that keeps
A weary watch owre dust that ever sleeps;
An' waesucks! crowds are aften near me drawn
From ilka corner amaist o' the lan',
An' no' like yours jist frae the neeborin' doors,
While mony an e'e my honoured pile explores.
An' lang ere people dreamed that sic a thing
Its shadow shoul' owre Ruglen cawsey fling,
I drew the wanderin' e'e to gaze on me,
An' maybe sall when ye're no' there to see.

TOWER SPRITE.

M.P.s frae Lon'on sall look up at me.

STEEPLE SPRITE.

My face they've fifty times been proud to see.

TOWER SPRITE.

Auld claverin' sinner! haud your gab a wee.

STEEPLE SPRITE.

Ye bletherin' limmer! am I flee't for thee?

TOWER SPRITE.

Ye're carried, frien'—quite carried, sure, it's true.

STEEPLE SPRITE.

They'd hae a burden that woul' carry you.

TOWER SPRITE.

Weel, gie us peace a wee.   Learned men sall come,
An' ere they pass sall look on me quite dumb
Wi' wonner, and sall bring baith auld an' young
In crowds to hear them when the hour has rung;
An' a' thae crowds o' weel-dressed, honest folk
Maun, ere they enter, aye about me flock.
Hae ye a sicht like that to show?   I trow
Ye woul' gae mad if sic things gladdened you.

STEEPLE SPRITE.

I wus ye saw me on the Sabbath-day;
At morn an' interval the people stray
Owre the graves an', though fifty times they've read,
They read again the names writ owre the dead;
But aye they tak' anither glint at me,
An' proud they are my hoary head to see;
Whiles gather roun' ilk ither 'neath my shade,
Discuss the sermon or talk o' the dead;
Then whiles they saunter roun' an' roun' my wa's,
An' look, although they speak not, sweet applause;
An' certes, at the kirk they're as weel dressed
As at a lectur', for they don their best.
Now, Miss Newfangleton, I hae ye there,
An' brag an' blaw, for I hae plenty mair.

TOWER SPRITE.

There's little use in me noo sayin' mair;
Ye've leeved owre lang for me the palm to bear
Awa' frae you.   I own ye're much admired,
An' dinna ferlie that your spirit's fired
When I appear to disrespect your age;
Wi' you I'll ne'er again try war to wage.

STEEPLE SPRITE.

I'm glad ye're pleased; the war ye first began,
But I maun own ye are baith fair an' gran'.

Yet there's ae scene I show which I maun tell,
Or I woul' never mair forgie mysel'.
Jist ere eleven hours on Sabbath morn,
See the hoar man, o' manhood's strength now shorn,
Come slowly walkin' roun' an' enter here,
An' when the clock strikes, wi' what hallowed cheer
He pu's the rape an' gars the big bell soun',
To ring the folk frae a' the kintra roun';
My vera stanes an' rafters an' my sclates,
The hallowed soun' wi' ecstacy elates,
Until they seem to swell the solemn strain,
An' sen' their "Come to kirk" 'cross hill and plain.
For hunder years this scene I've weekly shown,
Through hunder years I yet sall mak' it known;
An' seen a' roun' to near an' distant ken,
They'll own I'm still the pride o' Rutherglen !

Wi' ae consent their wings they spread, an' high
Gaed soarin' up the clear, unclouded sky,
An' brichtenin' as they rose, they shone from far,
Until they ilk hung in the sky a star,
Whase brichtness seemed to play owre either pile,
As if for these they in the sky did smile.
I dandered hame an' tum'led into bed,
An' when I woke baith nicht an' stars had fled.

CHIRL II.

The Kirk-Port.

As sweet a sky o' bonnie blue,
As ever simmer gied to view,
Spread 'boon the nicht that lay owre a'
The toon, the glen, the fiel', the shaw,
An' in its bosom brichtly set
The stars in gleefu' crowds were met,
The bonnie moon hersel' was seen
Sae bricht she dazzled maist my een,
While a blythe breeze on janty wing
About my lugs did play an' sing
As I strolled up an' doon the street
O' our dear burgh, in hopes to meet
Some canny frien' to hae a dram,
Or e'en a talk 'bout Burns's Tam,
'Bout Chatham, Wellington, Peel, Burke,
The Frank, Hindoo, Italian, Turk,
'Bout Aberdeen late Prime in State,
Or Edinburgh fair an' great,
Macaulay, Jeffrey an' the school
O' critics to whilk he gied rule,
'Bout Graham an' Curran, Pitt an' Fox,
Or comin' down to leevin folks,

'Bout Derby, Brougham, Lyndhurst, Russell sly,
Or Palmerston an' D'Israeli,
Gladstone, Moncrieff, Clyde, Stanley, Bright,
Alison, or some ither wight,
Or the chief Clergy o' the brugh,
Monro, Brown, Beckett—haud! eneugh!
Or whatsoe'er micht come to han';
But deil a ane I saw to stan'.

   I happened for a wee to wait
Aside our ain auld kirkyard gate,
An' musin' on the turns o' life,
Its joys an' waes, its peace and strife,
I heard a voice salutin' me,
An' turned *this* way, syne *that*, to see
Wha was abroad at sic an hour,
But fient a ane coul' I see sure;
I set it down as fancy a',
Turned on my heel to gang awa';
But na! it spak' again frae 'boon
My head, nor woul' free me sae sune;
The voice cam' frae the auld Kirk-port,
An' gar'd me linger in this sort:—
" My frien'! ye hae been musin' there
Awhile this nicht on joy an' care,
I hope ye've something learned, if no,
I'll teach ye something ere ye go.

   " 'Roo twice ae hunder weary year
I've spanned the kirkyard passage here,

An' mony a varied scene I've seen
Since first I met the public een.
  "Ilk Sabbath morn I hear the bell
Frae yon spire aulder than mysel',
An' see the crowds aneth me pass
A' dressed fu' braw, baith lad and lass,
An' auld folk, too, wi' bairns their ain,
Gran' yunkers, eke, to lead they're fain,
Wha enter a' within the kirk,
An' deil a ane daur sneeze or smirk.
  "The solemn, sad procession I
Hae look on wi' a watery eye,
When frien's the last fon' tribute paid
To him wha in the dust they laid;
Or her wha to her last cauld bed
They bore wi' slow an' mournfu' tread.
  "Aft hae I thocht on the auld man,
Wha had attained life's outmaist span,
Look'd back alang his joys an' waes,
An' thocht upon his frien's an' faes;
I've mused upon the hoary dame
Whose youthfu' beauty gied her fame,
Thocht on her sprees o' auld lang syne,
Where lads and lassies reels did twine;
I've dreamed when I saw passin' here
Strang manhood in his sable bier,
Wha left his pick, his pleugh, his loom,
Orphans an' wife to mourn owre him;

C

I've pondered when I saw the last
O' youthfu' mither here borne past,
Wha left her man an' bairns in tears,
Sin' her sweet smile nae mair them cheers;
I've pensive grown owre schoolboy's hearse,
Wha last week maybe spouted verse,
His bat, his bools, his beuks an a'
Are lyin' idle 'gain' the wa';
I've been made sad by seein' pass
The coffin o' the sweet schule lass,
Whase knittin', peever, needle, beuks,
Sall roost an' rot for her in neuks;
An' then the sweet wee infant's sel'
I hae seen carried, sad to tell,
The mither's breast may flow fu' sweet,
Its milk nae mae sall thae lips weet;
—— I've seen a' thae fu' mony a time
An' been fu' sad—but yet sublime
An' hamely truths I've drawn frae a',
That man to man shoul' closer draw,
To help ilk ither in the strife
An' teugh-focht battle o' this life—
Shoul' learn to strike when naething save
A cuff can bring to sense the knave,
An' leeve as nearly as they can,
Brither an' brither, man an' man.

"But a' the scenes that pass 'neath me
Are no' sae waefu' as these be;

Whiles on a Sabbath I see pass
Some bonnie bairn in arms o' lass,
Wi' cap o' lace, an' white frock trimmed
(Sae white the snaw beside were dimmed)
Wi' lace, an' flowers, an' satin knots,
An' shawl o' white, or braw wi' spots;
An' how the bonnie lassie smiles
Upo' the bairn wi' sweetest wiles,
An' laughs an' prattles if it wake,
Or, if it sleep, it snug doth make,
While by her side the mither fon'
Is walkin' proud, an' lookin' on—
It is a sicht that gars me greet
Wi' vera joy, it is sae sweet!

"An' mony anither scene beside,
Such as the bridegroom an' the bride;
Or rather, 'tis the kirkin' scene
Which aftens gleddens my auld een;
—— But truce to that, to tell you a'
Woul' keep you till the day woul' daw';
Guid-nicht! but at your wark an' sport
Forgetna—an' ye'll thrive mair for't—
The lesson o' the auld Kirk-port."

CHIRL III.

First Glints o' Life.

THEY say that I in Glasgow first
Upon this weary auld warl' burst:
I dinna ken—I wasna there—
At least I was sae far boon care,
An' sae locked up within mysel',
Sae blindt frae sense in babie cell,
My window-lichts were baith sae screened
I naething saw an' naething gleaned,
An' coul'na' tak' ae wee bit note
O' howdie an' the gossip lot,
But redley I made rowth o' noise,
For 'tis sae wi' maist feck o' boys.
   The twalt o' April thretty-five,
Saw me come to my faither's hive;
I aften heard my mither tell
I was fu' braw, an' like hersel',
But ere my teeth I yet had cut,
Or noticed onything roun', but
The twa white breasts at whilk I fed,
An' twa bricht b'ue een owre me shed,
Our flittin' back to Ruglen cam',
An' I was wi't—o' the pen, lamb.

The toddlin's but an' toddlin's ben,
The mony knees I danced on then,
The walks in mither's an' frien's arms,
An' a' the rest o' wee things charms
I canna tell—they cam' an gaed,
An' hae been in oblivion laid.

I min' ae weary, blawy nicht,
Jist after had gane doun the licht,
About the time when fiel's were bare,
An' stacks were raped and theekit fair,
When trees were stript afore the sicht,
A towzie, wil' October nicht,
I coul'na be aboon three year,
But weel I ken'd the dark to fear,
—— I sat fu' cozie at the side
O' my auld granny's ingle wide.

The hoose was dark, nae licht but what
We frae the glimmerin' ingle gat;
The door an' windows shook in the
Win' that sughed roun' us drearilie,
An' howled about the chimley head
As sad's if a' its frien's were dead.

My granny at the tither side
Was sittin' nor her grief coul' hide,
But shuin' like a swingin' aik
When the wil' tempests owre it break;
She muttered something to hersel',
I didna' hear an' coul'na tell;

But weel I ken'd the mournfu' cause
Her man an' son an' Jolly was;
For on that day the bonnie Clyde
Cam' rowin' doon baith deep an' wide,
An' they wi' Jolly in the cairt
Laden'd gaed aff for Clyde Works airt,
An' i' the Bogle's foord he fell,
An' died ere they coul' help him well,
An' noo they struggled there to save
The cairt an' harness frae the wave!

The dreary auld dame sat an' shued,
An' aye she muttered something loud
About my puir auld grandfaither
An' uncle, wha were far aff there:
An' then she muttered to hersel'
The somethin' I coul' never tell;
An' noos-an'-tans she frae her lip
The auld black cutty pipe did grip,
An' shoved it in 'tween ribs o' grate,
Then, loosin' sicht o't where she sate,
Bow'd doon an' drew her han' alang
Until she caught the shank, then brang
It up to lip an' whiffed an' blew,
Until the reek about her flew
A curlin' mist o' bonnie blue!

My youthfu' heart within my breast
Was pitty-pattyin' 'bout the beast,

An' 'bout my frien's sae far awa',
On sic a nicht as then did blaw;
An' aye I gazed upon the fire,
Syne at my granny woul' inquire
Some ither thing about it, till
I ken'd a' that she ken'd hersel'.
An' aye, in ilka seelent pause,
While loud the wind about us blaws,
I thocht—but ne'er ae word o't spak—
That ghaists flew by an' then cam back,
An' that they whispered frae the win'
Till my heart fluttered wil' within.

On a low stool I sat an' my
Wee feet stretched oot an' crossed forby;
Doon near the knees my han's were placed
Atween the legs—the fingers laced—
While loof to loof was closely pressed,
An' slichtly stoopin' was my breast;
An' aye I looked at the fire,
An' syne at granny in her ire,
An' syne I glowred a' roun' the hoose,
Or maybe at the whirrin' puss,
An' listened to the tempest's glee,
Whilk ever seemed to speak to me
Wi' v'ice I scarce coul' understan',
But yet I thocht it awfu' gran',
Tho' eerie, eerie was its glee,
It shuited granny sae an' me.

Hoo I gat hame I canna tell,
I jist hae min' what there befel.

   She used to carry me aboot
In her auld arms baith in an' oot,
An mony a funny scene I saw,
But ane I maun note doon 'mang a': ·
A wee, auld Irish woman wha
Leeved 'roo the doors I aften saw,
An' ance a bonnie wee bit cup
An' saucer she to me held up—
A sweetly green adornéd gift,
I'll min' o't while my life is left;
An' hoo she spak', an' hoo she smiled,
An' my young favour to her wiled!

   The neist event I lo'e to tell
Was seein' Willie hame himsel':
I happened jist to knock at door
When a' the mither's pangs were o'er,
An' enterin', I looked ben the room
An' saw some women on me loom,
Wha smiled, and me invited ben
To see my new-born brither then.

   He roared an' sprawled while on her knee
The Post-wife, wi' her rattlin' glee,
Was washin' him in clear warm water,
'Mang whilk his wee bit feet did splatter.

   'Twas she wha ance upon a time
(For 'tis o' sic things I maun rhyme)

Was summoned into Glasgow town
About some taxes due the Crown,
An' when the clerk set up his neb
To craw her down (to gar Clyde ebb
When on the flow, he micht hae tried
As easy as her tongue defied),
She blew a blast maist dang him owre,
An' made the haill officials glowre,
By tellin' him to keep his lip
For them wha feared his craw an' nip;
She didna care a bodle for him,
She ken'd fu' weel wha looked o'er him;
An' bounced that she, as weel as he,
Was servant o' Her Majesty!

To ither theme noo let me wheedle;
My mither was fu' guid at needle,
Had quite a fame for shapin', an'
At cuttin' sarks an' pineys gran';
An' for a while she roun' her drew
Some lassies fair to learn to shew,
Whase rosy cheeks an' glancin' een
(I min' them as I min' yestreen)
Made me aft glowre wi' April ee,
An' weel I lo'ed their lips to pree,
To warsle on the floor amang
Their feet, an' pouk their dresses lang.
An' aft they gied me farthin's braw
Whene'er I Apple Jamie saw,

Wha up at window cast his ee
Whene'er he chanced my c'in to see,
For weel he ken'd wha gied me sic
A bonnie wee bit for a pick,
The brawest apple on his barrow
He woul' frae tap or bottom harrow;
An' wi' his Irish tongue woul' sen'
Some message to the lassies then,
Whilk I wi' serious face woul' tell,
Then wonner why sae laughed ilk belle!

 The simmer term o' thretty-nine—
I min' the nicht afore't fu' fine,
Alas! hoo dismal looked the hoose,
It seemed a dwelling for the moose.
The chimley biggin' was pu'd down,
An' bricks an' stanes lay piled aroun',
The grate stood ready there to lift,
An' a' the wee things they did shift
In bags an' baskets, till the wa's
Were bare as barn ere autumn fa's.
At nicht they stript an' washed me in
The neebor's kitchen, but an' ben,
Syne carried me by can'le licht
To a cauld house, sae late sae bricht;
But ha! I sune was far awa'
As deepest sleep can carry a'.

 The simmer term o' thretty-nine
(As I said in a former line)

Ance mair oor flittin' saw on road,
An' after it I fon'ly trod,
Richt up the street sae braid an' wide,
An' that day thrang frae side to side,
By the kirkyard an' by the jail,
An' past where trees on street did smile,
Until to a new hoose we cam'
On Eastfield Road—auld Pink's?—the sam'!
　Our laird was ca'd auld Grossetha',
A wee, stout, grulchie man whase a'
He used to tell a frien' had ta'en,
Ane Stewart wha had on him lain
Until he gat some bills—then brak'
An' left the folk our laird to tak';
But things had prospered wi' him, till
He built this hoose at foot o' hill.
A gardener an' a farmer too,
He busy was the haill year through,
Was aye amang his workers seen
At morn—then whiles to toon—an' e'en;
An' rowth o' gear by this he had,
Was bien an' braw, an' hale an' glad.
Sair bent was he when first I saw,
But wi' a v'ice heard far awa',
An' even by the fire he spak'
As loud's he'd been on tap o' stack;
In weathered hat, sleeved waistcoat an'
Breeks o' guid moleskin he did stan'

Afore the een, a fine type o'
The auld Scotch farmer years ago!

   Neist to the schule in my fifth year
My mither took me wi' guid cheer;
Wi' braw clean face an' smooth-kambed hair,
In snaw-white piney lang an' fair,
I was led to the door and then
The maister cam' an' took me in;
The schule was ringin' when I gaed,
But shune his " Hush !" the uproar laid.

   'Twas Mr Geddes was his name,
An' he frae Brigton ilk morn came;
A brither, too, whase name was Tom,
He aften brang oot frae their home
To help the maister wi' his wark—
He was a kin' o' dandy spark.
The maister was a douce, guid man,
Across the key-stane o' life's span,
An' toddlin' down the tither side
Frae that where we speeled in our pride.

   Wi' him I learned to read, an' write
Baith strokes an' whips in copy white;
An' on the Saturdays we a',
Wha coul' read, gat oor Bibles braw,
An' tried ilk ither wha shoul' fin'
The verse and chapter whilk he then
Bawled frae his desk, an' prood was he
Wha rose the first an' read it free.

In simmer whiles he linked us a'
An' marched us aff in twa an' twa
Oot at the door, down the Green Wyn',
An' owre the road—that like a line
Lay then across auld Ruglen Green,
But twa'r'ee bends in't noo are seen—
Doon to the bank o' bonnie Clyde,
Where we awhile gat runnin' wide,
Or rowin' on the slopin' grass,
Laddie wi' laddie, lass wi' lass;
An' then in twa an' twa again
He marched us back as we had gane.

    Forenenst the entrance to the schule,
A wee bit up street, if ye will,
There leeved a tall, strange-lookin' dame,
Wham we Camlachie Ghaist did name;
A bee buzzed in her bonnet they
Wha dwalt aroun' were wont to say,
An' mony an uproar I hae seen
Wi' her an' us, at morn an' e'en,
An' at the twal hours, till she aft
Dashed 'rough the crowd wha seemed ha'f-daft,
An' made a vain complaint unto
The maister 'boot his ill-bred crew;
But ere she reached the schule door they
Were runnin' far awa' at play;
An' when he spak o't in the schule,
Nane ken'd a haet aboot it still:

"It was na me—nor me—nor me,"
The guiltiest loodest cried wi' glee;
Sae wi' a caution to beware
We j'ind our beuks an' heard nae mair.

   An' what a glee day Candlemas
To a' the boys and lassies was!
A box o' oranges an' eke
A bag o' sweeties by its cheek
Were seen that morn, an' ilka ane
His an' her c'in to gie was feign,
For whilk they gat a fair supply
O' what he had there stan'in' by;
An' he an' she wha paid the maist
As king an' queen were 'mang us placed,
An' carried hame on shouther high,
Whilk put that day o' gladness by.

   I micht be 'ree year there when I
Left an' ran wil' awhile, wi' my
Beuks lyin' in a corner a'
Stour and mooldt, too, again the wa';
An' then they sent me to a schule
Where Mr Costley sat on stool,
And mony a prank was played on him
By merry boys baith fair an' grim.
We played at nine-holes on our sclates,
Drew hooses, horses, dykes an' gates;
Syne at the cooper's adze woul' try,
An' keep aye ready for his eye

A 'count on ither side o' sclate,
To show when he cam' roun' our gate;
Brak' a' pen-holders until he
Woul' buy nae mair, but cut down wee
Saugh wands frae aff his willow bower,
An' tied on pens wi' thread richt sure;
We brak' the bottles till ilk day
He cam' an' ink on desk did lay,
An' then we bored holes 'roo an' 'roo,
Put scum o' auld ink owre't to view,
An' when he tufned his back we put
The pen doon 'roo, an' sae we loot
A' the ink rin upon the floor
Then cried "nae ink here"—"What!" then pour
Again woul' he, an' doon it ran
On floor as fast as pour he can,
Until he saw,—then, "Who did that?"
But nane ere ken'd—nane lickin' gat;
I've even seen some lick it up,
An' blacken their tongue wi' the sup;
An' whiles when nane woul' tell wha did a',
He thrashed us a' aroun' wha hid a';
Clay-crackers i' the winter morn
Were thrown in stove, an' like a horn
They roared an' rattled while he danced
Wi' rage, but nane to ken o't chanced;
An' in the mornin's whiles we filled
The stove sae fu', the wil' flames thrilled

An' flew far up an' then alang
The lang iron pipe, until they brang
The burnin' red into its cheek—
But nane coul' ae word 'bout it speak;
His taws were burnt or cut in bits,
Until he on a new plan hits,
An' ilka morn a scholar sen's
Oot whaur the willow arbour ben's,
To cut a saugh wand whilk micht last
A day, but never that term passed;
A favourite trick was to ask oot
To wash our sclates—then steal his fruit—
Syne loup awhile aboot the burn,
An' wi' our sclates a' wat return;
We played at bools upon the floor,
For in the morn we oped the door,
Or ane in by the window speeled,
An' the twa doors wide open reeled;
We played at hauns again' the wa',
Ay wi' a wat an' dirty ba',
Until the paint was spotted a';
An' when he woul'na let us oot,
We jist to wa'-press turned aboot,
(Wi' fender-board o'er floor a foot)
An' oped the sluice o' nature there,
Until it did infect the air,
An' made him shift our copy-beuks—
He coul'na enter in sic neuks;

An' when he keepit ony in,
He scarce got to his house abin,
Until we dashed the keeper oot,
An' flang the doors wide ope aboot,
While frae his winnock high abin,
He saw us a' up the brae rin;
He, too, had a three-legged stule
On whilk he sat in midst o' schule,
We aften took ae leg o't oot
The hole it had been made to suit,
An' set it jist aneth the edge,
An' when he sat doon, I engage,
He an' the stool baith on the floor
Gaed tumblin, whumblin o'er an' o'er:
An' mony anither trick forby,
Whilk we sall min' o' till we die.

The lassies in the mornin's, too,
At peever played—whaur are they noo?
Or in a ring sat on the floor,
An' played at chucks nor cared for lore;
Or at the dancin raip they gay
An' merrilie began the day;
Or played at ony ither game
Whilk 'mang the lassies fair has fame.

My time passed here—awhile again
I was a truant laddie—then
They packed me aff ae bonnie morn
To Glasgow schule—where I was born;

D

St James's 'twas where Mr Buchan
Was lord owre a'—an' a richt teugh ane,
Wi 'military order a'
Was done, an' after a' he saw.

   My teacher was young Andrew Reid,
Wha took my ee wi lichtnin speed
Whene'er I entered, an' he kept
My look wi gaze that never slept.
At writin an' at countin he
Alike attentive was to me;
At readin, too, an' grammar eke,
O' him I canna owre high speak;
An' aft he smiled on me like brither—
O' teachers I had ne'er sic ither.

   Ae day at grammar he stood where
Was placed the maister's ain stuffed chair,
In his hand he a p'inter bore,
(We used at geography when o'er
The map we p'intin ran) an' I
On front bench sat afore his eye;
My head was stoopin owre my book,
On it I did intently look,
He pricked my head wi its sharp p'int,
I looked up an'—yet weel I min't—
On his face was the sweetest smile
I ever gat frae man to wile;
I looked up to him afore that,
But after, my heart's love he gat.

He was a frank an' smilin lad,
A strappin youth aye blythe an' glad,
Such as woul tak the lassies' ee,
An' sae it was for I coul see
Some ladies frae back lichts o' Row
Gaze owre at him and fon looks throw.
As I beside the winnock sat
An' had gane there to learn, I gat
My ee turned on them too, an' found
Them laughin gaily then a' round;
I only like my teacher did,
Much he coul do a' envied!

This while there was a house near hame,
Whilk 'mang my chums had muckle fame;
'Twas that o' auld Will Richardson
An' Nell his wife—a loving one.
Will an auld collier was, wha'd been
Twice 'mang the sodgers an' had seen
Some pairts o' England, an' woul blaw
A' nicht whiles 'bout what he there saw.

We were aye welcome there at nicht,
An' even in the guid day-licht,
When sport had tired an' we woul rest,
It was our chosen welcome nest.
He sat at ae side without coat,
His vest was loose and bare his throat,
The nichtcap sat upon his head,
His legs aft crossed, an' for his need

A strang, thick hazel stick in haun,
Sae stout it maist its lane coul staun.
    A wrinkled brow, a sturdy nose,
Twa rough eebrows whilk archin rose
Abin twa sma but piercin een,
Cheeks on which years in furs did lean,
A big, but fine, expressive mouth,
The lips dry as if parched wi drouth,
An' weel-shaped chin—made up a face
On whilk ev'n my young een coul trace
Baith thocht an' passion, an' he showed
Them baith to us for aft he glowed.
    At tither side auld Heeluc sat
Sair bowed wi age but fon o' chat,
Her face aft seemed a cast o' his,
But saftened into femaleness,
Her braw white mutch hid a' her head,
Her shortgown lang—hauf gown indeed—
Her drugget petticoat an' the
Auld apron tied roun waist ye see;
An' there she sat wi arms on knees
Richt owre frae him she loed to please.
    We youngsters in a hauf ring sat
(Wi their gransons I was fu pat)
Linkin the twa wha shared oor chat;
An' ilk ane wi a pipe supplied,
We puffed an' blew, an' whiles we sighed,

While joke an' story ran aroon,
An' gossip 'boot auld Ruglen toon.
An' he whene'er his smoke was o'er
To her the pipe richt frienly bore,
Or if she smoked first, she to him
Woul haun it reekin grey an' grim.

These are some o' the ferlies I
Beheld wi my yet youthfu eye,
I aften think on them wi glee,
An' maybe they'll some joy gie thee;
They'll show at least hoo aft a smile
An' kin' spak word can young love wile,
An' keep it kindled in the strife
O' this fu strange an' kittle life.

A Nicht at the Circus.

No' lang sin' syne wi thorn stick in my haun,
I left the hoose when the nock-hauns were gaun
Fu close on seven o' a simmer nicht,
When in the west was getherin a' the licht,
An' doon by Shawfield Road I took my way,
An' pleasant was it an' fu fair an' gay.
The lassies drovin 'ree an' fowre abreast
Cam walkin hame blythe as if gaun to feast,
Frae mills an' dyeworks an' sic ither places
As do employ the bonnie, smilin graces.
Wi' hair in plaits or knotted roon behin,
Or maybe curls a' swingin gain the skin,
Wi' faces fair, an een o' a' the hues
Whase varied beauty can attrac the Muse;
In wee shawls hung owre shouthers frae the neck,
An' gowns o' dark, or licht, or strip, or speck,
An' brats afore them, tied aboot the waist
Where aft a fon arm had ere noo been placed,
An' owre the arm the faulded plaid or shawl,
Whilk wrapt them in the mornin frae the caul,
—They cam a' lachin, chattin 'mang themsels,
As bonnie as if fresh frae sunny dells;

An' here an' there amang them micht be seen,
The braw young lads that court them at the e'en,
An' men whase wives are waitin fon at hame,
Wha ance amang thae lassies hameward came;
The men in caps an' coats o' some dark hue,
An' breeks o' moleskin, redley, met the view;
An' as they cam I thocht the braw auld toon
Need fear nae rivalry frae ony roon.
  I crossed the brig an' passin roo the Green,
As fine a sicht I saw as micht be seen;
Across its wide extent to far aff trees,
Maist frae where ane the bonnie river sees,
Were youths in joyous groups at cricket met,
An' keenly to the sport they gaily set;
While some at rounders made young life rejoice,
An' gar'd the ba' roo till amaist its voice
You heard as it gaed curvin roo the air,
Whilk kept a jubilee that evenin there;
An' some were leapin, some jined in the race,
An' some played wil' at yon gymnastic place;
While on the river skiffs wi anes an' twas
An' fowres, gaed up an' doon in lines an' raws,
The men in white thin claes whilk seemed their skin,
An' coloured caps o' silk a' glitterin,
Noo forward swung an' noo again swung back,
As pretty as machine, or like click-clack,
While the fleet oars noo dipped, an' swung, then rose,
An' plunged again 'mang foam that a' roon flows;

While lads an' lassies took their evenin stroll
An' gazed an' chatted baith fu grave an droll;
Or sail'd in boats upon the river's breast,
As aft they do when day slides doon the West;
—Till havin reached the ither en o' Green,
I foun mysel the Circus safe within.

   A braw place yon—owre a' the ceilin spread
A great big sheet a' strippéd white and red;
Some pillars rose up frae the edge o' ring ·
To roof, to whilk did coloured paper cling,
An' 'tween the pillars fair devices hung,   [swung;
Wi gold a' flowered an' lettered on hued claith that
Then gain the wa' were ither pillars seen
Wi thistles, roses, shamrocks, blue an' green,
An' unicorns, an' lions, harps, an' a'
The dear insignia o' Britain braw;
While France was emblemed in the tricolour
Whilk spread owre where the men an' horses pour
Into the ring—an' in the space atween
Thae twa gran roons o' pillars seats were seen
Runnin a' roon, an' risin frae the ring
Tier abin tier, (when filled a bonnie thing,)
Save where a space was carpeted an' showed
Fowre range o' chairs—in arc-like order rowed—
Ilk range abin the ither risin 'boot
As high as stap o' stair for ordner foot;
An' ahint this a fence o' crimson-clad
Wood rose, whilk in ahint it again had

'Ree ither range o' chairs whilk rose like first
Ilk range a stap abin—a' for the pursed;
An' high ahint thae an' a' roon ahint
The pit, (this sweep hauf o' the house had in't,)
The promenade was seen, where those wha choose
Micht staun an' witness the strange, wondrous views;
The ither hauf o' a' the circle gay
Was like the pit but ca'd the gallery;
An' jist atween thae twa hauves o' the roon
Were seen the places where the horses shune
An' men cam' in an' gaed oot, spoken o' aboon.
The ring itsel was fenced wi wood aboot
Twa feet in heicht—on tap o' fence a suit
O' stuffin was, a' covered wi a braw
Bricht crimson claith—an' then high up owre a'
A gasalier wi twa bricht rings o' lichts
Hung in the centre an' the ee delichts,
Anither roon o' lichts wide as the ring
Shone high owre, too, an' did much glitter fling,
Till a' the place wi licht was flooded sae
Ye saw as weel amaist as in the day.

The owner o' a' Mr Hengler's named,
The manager o' a' the ring sae famed
Is Mr Revolti—but hark! the bell,
An' by an' by the sichts I noo sall tell.

A horse flew roon—an' ance for a', let me
Say a' the horses were baith braw an' spree—

An' on his back 'twas Mr Barry sat,
Then up upon his feet he bravely gat,
Then jumped owre banners wi baith feet, an' then
Wi ae foot too, an' sittin lap—noo len
Yur lugs!—he did a somersault dae neist,
While a' the time flew roon an' roon the beast;
An' then it ran like lichtnin roon the ring,
An' mony a way he stood on't;—then they bring
A wee bit pony whilk flew roon an' roon,
An' turned an' turned, then lap roo rings, an' shune
Gaed boundin owre the poles whilk were there placed
To bar the circle aroon whilk he raced;—
Then Mr Alfred Clarke on bronze horse cam
Without a saddle—to him a' the sam—
An' sat an' stood—an' then the horse lap owre
Poles an' a gate wi ready sweep an' power;—
Neist cam Miss Cooke wha sat on flyin steed,
Then stood, then danced, an' then she did indeed!
Gae boundin roo balloons o' silk an' licht
Aye on the flyin charger a' fu richt;—
An' then a scene o' sportmanship and fun
By Mr Hengler an' Mr John Clarke begun,
The first a polished sportsman oot an' oot
On noble steed—the next on wee bit brute,
A Cockney scapegrace tryin noo to shoot;—
Next Mr Wilson, Italian Brigand,
Showed hoo some did in that delichtfu Land;—

Neist Mr Cooke on speedy steed was seen
Backward an' forward leapin 'fore the een;—
A flyin wire was then hung up whereon
Sat, stood, an' swung Mr John Henderson,
Held crook o' iron in mouth whereon he placed
A dagger, an' a shield on that, an' faced
The hoose, an' made thae spin fu gran, an' mair,
Far mair he did whilk then perplexed a' there;—
Neist the Lancers' Quadrille on horseback was
Danced by fowre fair an' brave 'mid much applause,
Wi Mr Hengler at their head on grey
An' weel taucht steed which seemed his thocht t' obey;
A funny scene o' Bear an' Sentinel
Was neist presented;—an' noo let me tell
On bare backed steed o' grey (I minded am
Here o' the grey mare Meg an' Burns's Tam,*
Mazeppa,† too, Fitz James's gallant grey‡
Glenullin's steed whilk flew from war away§)
Cam Mr Wilson riding merrily,
He sat, an' stood, an' lap, an' lay, an' hung,
An' a' aboot the beast fu granly swung,
Then stript the bridle aff while to the race
The charger flew as if in mountain-chase;—
High up upon a swing we then saw wheel
An' turn the brithers Talliott fu weel,

---

* Burns's *Tam o' Shanter.*
† Byron's *Mazeppa.*   ‡ Scott's *Lady of the Lake.*
§ Campbell's *Lochiel.*

Nae better, though, than brithers Sedgwick did
Wha oot at Gilmorehill were actin guid;—
An' then a glorious steeple chase was seen,
Sax horses startin a' afore the een,
Noo disappearin ae way, syne anither
Returnin wi a gallant breenge a' hither,
Owre gates an' hedges loupin—'twas fu gran
An' made ane quite forget himsel an' stan.

At intervals throughoot the nicht we saw
Clowns Clark, Bibb, Franks an' H. B. Williams a',
Wha joked, an' spak, an' played fu mony a prank,
An' kept the hoose in mirth that never sank.

The hoose itsel was crowded roon an' roon,
Wi faces smilin sweetly noo, an' shune
A' turned awry wi laughter ringin loud,
The real heart rattle o' a merry crowd;
An' then ilk face grew grave when some gran feat,
They joyfu gazed on till the heart did beat;
Till a' was owre, an' frae ilk ootlet then
We passed oot on the street baith maids an' men,
An' thocht the nicht weel spent where we coul see
Sic feats o' humour an' dexteritie!

CHIRL V.

Glasgow Cathedral.

Fu aften as I pass the Cross
I gie my head a cantie toss,
An' turn it roon to hae a peep
Far up the High Street to see creep
The cannie wreaths o' reek at morn,
Sae slowly owre the hoose taps borne,
An' up an' up into the sky,
A bonnie sicht for poet's eye.
    The hooses frae the Cross are seen
On ilk side, wi the street atween,
In high lines piled irregular,
An' jagged ootline risin far;
An' wa's as dark as deep o' nicht,
Even in the simmer's sunny licht,
Save where shop-fronts are painted braw,
An' sign-boards glitter up the wa'.
An' thus they stretch up to the brae
Whilk has a turn that taks away
The view o' street until ye deem,
Sae closely packed the houses seem,
It's a' ae huge an' gloomy block
O' dwellin's risin like a rock,

Wi' rugged peaks o' chimleys, an'
Dark craw-tae gavels mountin gran;
An' when owre thae the morn's reek lies
They seem to fade into the skies.

    Up this auld street I daunered slow
An' glanced at ilka winnock's show,
Gaed roo the crowds whilk stood, or pass'd,
Or met, some walkin slow, some fast;
I passed the College—hoary pile
'Boot which the lang past ages smile,
The lichts o' Learnin, Truth an' Law
Are seen aboot it shinin a',
An' Genius the heavenly grace
Seems playin a' aboot the place,
For weel she loes sic quiet retreat
An' auld piles are to her a treat;
—An' up the brae I clamb until
The Bar'ny Kirk mine ee did fill,
A fine auld house wi juttin wa's,
An' craw-tae gavels worth applause;
At length the gran Cathedral I
Saw fully stretched afore mine eye.

    It rises 'mang a realm o' graves,
Where grass in crossin lines noo waves
Atween the stanes on whilk ye read
The names an' lineage o' the dead.
Frae East to West it stretches far,
Its wa's braw an' irregular,

An' 'long the middle o' the roof
Frae East to West—to see't's the proof—
Wa's rin like them whilk frae the ground
Rise bonnie, an' wi lichts abound.
Across its midst a transept gran
Is seen on whilk the spire does stan,
A steeple risin far an' fair,
An' carryin beauty up the air;
On ilka side a low vault juts
To view an' on your path abuts;
While here an' there up frae the wa's,
Still where some angle the ee draws,
Short spires are seen point to the sky,
An' len grace to its majesty.

You enter, an' the lang gran nave,
'Tween pillars mony, massive, brave,
Bens owre the head a ribbed arch;
An' as alang the floor ye march,
Ye see abin thae pillars' en
Twa lines o' smaer pillars then
Support the long owre-bendin' roof,
Sae gran they a' seem gain time proof;
An' in ahint the middle range
A gall'ry is wi echo strange,
To whilk if ye ascend ye stan
Abin the pillars the most gran;
While 'tween the pillars o' the third
An' highest range—Go, test my word!—

Gran winnocks let in floods o' light,
An' mak the arch as mornin bright.

At ilk side o' the nave an aisle
Is seen wi an arched roof the while,
Whose ribs across ilk ither lie,
An' knots o' flowers key-stanes supply.*
The transept at east end o' this
Is high an' gran to nobleness;
The choir frae it is by a wa'
An' curtain pairted, gran an' braw,
A flicht o' staps conducts you to't,
An' 'neth an arch then glides your foot.
An' there it is the sam as nave,
But no' sae lang, nor granly brave,
Yet ae thing here is to be seen,
Whilk in the nave you may not glean—
Aroun the capitals o' the
Big, massive pillars look an' see
Braw wreaths o' flowers in bonnie show,
Chiselled lang hunder years ago.

An' frae the far-aff corner o'
The choir to Lady's Chapel go;—
An' then return an' seek the vault
On richt haun an' on its floor halt,
An' see hoo arches mixin braw
Spring frae the pillars and the wa';—

---

* True of only some of the arches of the aisles in the western part,
but true of all the arches of the aisles in the eastern part.

Neist turn into the vault below
The choir an' see its gloomy show,
Dark lines o' pillars frae whilk rise
Ribbed arches whilk the ee surprise;
While i' the vera midst o' floor
Ben auld Sanct Mungo's image o'er,
It lies aneth a group o' the
Low arches springin fair an' free
Frae fowre strang pillars planted there
At the fowre corners o' a square;—
An' then at far-aff corner view
A sma vault noo invitin you,
From whilk they say the passage goes
'Tween this an' Ruglen (whence cam those
Gran stanes) by whilk the "wee folks" cam,
Wha had haun in biggin this sam.
   An' i' the nave, an' choir, an' vaults,
The foot o' passin gazer halts,
While brichtly shines his kindlin ee
Owre mony a winnock fair to see,
Wi' pictures sweet in a' the hues
Whilk ane in yon gran rainbow views,
An' busts an' sculptures 'lang the wa's
Wi' pensive joy aft mak ye pause,
An' sae though "mute and motionless"*
Their beauty an' their truth confess.

* Byron's *Bride of Abydos.*

E

Though had been "warlocks i' the mirk,"*
The vault whilk ance had been a kirk,
I coulna leave till I had taen
A dauner up an' doon my lane
Amang the pillars jist hauf seen,
An' yet fu bonnie to the een.
If ye want solemn thochts to rise
Go linger there, 'twill dew your eyes,
An' bring lang shadows owre the min'
Thrown frae the days o' auld lang syne.

I paced the glorious, mighty nave,
While ilka stap saft echo gave,
An' thocht I heard lang bygane times
Whisperin to me o' waes an' crimes;
While glorious scenes beheld o' old,
Seemed lingrin mist-like roon the bold
An' stately grandeur here displayed,
To gie the beauty roon surveyed
A heartfou touch o' auld lang syne,
An' mak this venerable shrine
Appear yet mair an' mair divine.

---

* Burns's *Tam o' Shanter.*

CHIRL VI.

Tuesday an' Friday Nichts.

1.

Twᴀ hallowed nichts the Tuesday's an'
The Friday's hae been, since I can
Min' noticin ocht o' life's span,
   To lad an' lass,
For then they meet an' han-in-han
    The haill nicht pass.

2.

Wi glitterin hair, wi neck like snaw,
Wi face where love is colourin a',
Wi wee bit new shawl unco braw
    Her shouthers roon,
In second best (or as they ca')
    Her *scuffin* gown,

3.

An' owre her arm the shawl or plaid,
—Ye see the lee lane bonnie maid,

Gae oot at nicht to where they've made
    A tryst to meet,
In some lane road or woody shade
    To lovers sweet.

4.

He's waitin there in *scuffin* suit,
(No' *scuffed*, but them in whilk they oot
At nicht gang when they walk aboot,)
    An' wi a smile,
He gies her a heart-fon salute,
    Whilk means nae guile.

5.

He curls his left arm roon her waist,
An' if they be na owre ope placed,
Her blushin lips he'll smackin taste
    At whilk baith smile,
An' maybe sigh they maun be chaste
    The courtin while.

6.

Then slowly sae they walk alang,
An' maybe whisperin chant a sang,
Or speak o' secrets kept amang
    Their ain twa sels,
An' aye as on an' on they gang
    His love he tells

7.

In mony littlenesses sweet,
I needna unto them repeat
Whase een may chance thae lines to meet,
      An' wha've been sae,
They'll min' them while the heart sall beat
      E'en to death's day.

8.

They'll sit them down upon the grass,
An' boot her neck his arms he'll pass,
An' own she is the sweetest lass
      He ever met,
An' say her favour doth surpass
      A' life can get.

9.

He'll sleek her hair wi canny han,
Or maybe disarrange the gran
Faulds wi whilk bonny lassies can
      Adorn the head,
An' then to re-arrange he'll plan,
      An' quarrel breed.

10.

She'll tell him to behave himsel,
Nor sp'il what he can ne'er men' well,

Then snod it up again hersel,
    An' closer draw
To him wha sees ilk look noo tell
    He's loed 'boon a'.

11.

Or side by side they'll fonly lie
An' talk o' ocht, but in the sigh
Reveal what's ever flamin high
    A' thochts abin,
The love whilk winna be passed by,
    Nor smothered in

12.

The breast whilk 'neth that ootward cool,
Calm aspect is o' passion full,
Sae full the een confess its rule
    An' catch its lowe,
Till glitterin brichtly beautiful
    They wildly row.

13.

An' on her bosom slichtly leans
His ain, an' ilk frae ilk face gleans
Hoo sweet is love, the love whilk means
    An' honest en,
Ilk face is then ayont a' scenes
    The best they ken.

14.

Or leanin noo again the wa',
When darkness has come doon owre a',
Her arm aboot his neck he'll draw,
      An' roon her waist
He'll twine *his* while her head doth fa'
      Upon his breast.

15.

An' in her wee bit lug he'll breathe
A tale, whilk like a flowery wreath
Sall in its bloom her fon heart sheath
      For evermair,
An' aft her mou the while he preeth,
      To help him there.

16.

By happy Clyde when gloamin fa's,
Hoo aft I've seen them stroll an' pause,
While ilk to ilk ane closer draws
      The happy while,
An' something says whilk noo doth cause
      Them baith to smile.

17.

Alang the river's brink fu fon
Amang the grass, or high upon

The bank's braid ridge they l'iter on
        Nor care wha's by,
For love is never feared to own
        Where it doth lie.

18.

Or growin merry I hae seen
Them dancin gay afore the een,
Repeatin what they did yestreen,
        Or maybe will
Be doin on to-morrow e'en
        Wi rapture still.

19.

An' sittin doon a wee while there
I've heard her sing like lark in air,
Then maybe he woul follow where
        She fonly led,
To drive awa ilk ither's care
        Their vyces wed.

20.

His min't me o' my faither's note,
As sweet as ever cam frae throat,
An' aften heard when to oor cot
        Ane mair cam hame,
A Robert or a Colin got
        Ere Jeanie came.

21.

An' 'neth the stars they linger on,
I hae been there mysel linked fon,
An' dancin whiles wi chums to tone
   O' Willie's flute,
An' sic scenes hae been to us shown
   A' roon aboot.

22.

Aneth the stars they loe to gang,
An' lingerin walk the bank alang,
While bonnie moonlicht frae the thrang
   O' stars shines sweet,
Real happy at the chance whilk brang
   That gate their feet.

23.

Ay, ay, their hearts on sic a nicht
Are pitty-pattyin wi delicht,
As they look up into the bricht
   Sky seen abin,
An' feel love's sweet but powerfu micht
   Rule a' within.

24.

They draw fu 'close, then wider stray
An' hae a wee bit canny say,

Then clasp again an' fon an' gay
                    Lay cheek to cheek,
While he, ere she can turn away,
                    By kiss may speak.

25.

An' aften on the river's breast,
You'll see them sailin when the West
Is ae tumultuous sea o' bless'd
                    Cloud-rollin licht,
Or as if heavens in glory dress'd
                    To welcome nicht.

26.

Noo rowin hard they onward glide,
Noo paddlin wi the oars at side,
An' noo the lassies in their pride
                    The oars maun tak,
An' bonnilie the boat doth slide
                    'Mang joke an' crack.

27.

It is a sicht to look abin,
An' see the bonnie brichtenin myn,
An' stars owre sky a' glitterin,
                    Then see it a'
A lookin-gless in the stream win,
                    Deep, bricht, an' braw.

28.

Or in the dark an' eerie nicht,
When no' ae wee bit bonnie licht
Is oot abin to charm the sicht,
   How drear to see
The dark flow o' the stream—it micht
   Maist weet the ee.

29.

An' a' this while baith in the braw
An' misty nicht, the boats are a'
Returnin fast wi lassies wha
   Joy wi their joes,
An' let their fon mirth sweetly fa'
   On that repose.

30.

Or pausin noo wi wil' delicht
They wauken up the lug o' nicht,
By breakin forth in sang that micht
   A stoic charm,
While ane mayhap noo shrieks wi fricht
   Touched wi lad's arm.

31.

To staun on bank an' listen near
The cauldest heart to love doth cheer,

Sae sweetly frae the river dear
　　　　The vyces come,
An' whirl a' roon aboot the ear
　　　　Whilk seems to hum.

32.

An' then to listen far awa
Into the ee a tear woul draw,
Sae sweetly blen the vyces a'
　　　　In their delicht,
It seems as if the heaven let fa'
　　　　Its mirth on nicht.

33.

An' in the toon on thae fon nichts,
You'll see them walkin 'neth its lichts,
An' lookin at the various sichts
　　　　In winnocks seen,
Or maybe to see the delichts
　　　　In Parks an' Green.

34.

To mony a fon an' lovin wife
Thae nichts are bloomin in the life
O' memory noo—an' while in strife
　　　　Such wauchle roo,
They're flowers whilk ne'er sall feel a knife,
　　　　Death sall them poo.

35.

The Tuesday an' the Friday e'en,
Hoo fonly ye're by lovers seen,
Your names are noo for ever green
        While love has breath,
An' when it droops we've jist ae frien,
        —Richt welcome Death!

36.

O Love! thou best delicht o' a',
Before wham kings and beggars fa'
But rise mair happy—when ye ca'
        On maid or man,
Henceforth wi smiles lay doon your law,
        —That's ghin ye can.

CHIRL VII.

The Theugh.

1.

To you wha in the deep, dark mine
    Frae early morn are t'ilin,
Wha rise when aft the bricht lamps shine
    Owre scenes where beauty's smilin,
Where wealth an' grandeur sicht confuse,
    While joy's in every featur,
—To you my varied flyin Muse,
    Wha's aft a hamely creatur,
              Woul fain noo sing.

2.

Whatever men aroon me do
    For me is aye invitin,
Whatever brings the sweat owre broo
    To study is delightin.
To tak some aff, or lichter mak,
    The load o' life sae weary,
To better clead the puir man's back,
    An' mak his life mair cheery
              Were noble thing.

3.

Aft in my earlier, boyish days
  When sleep's no' easy shaken,
In cauld hard winter morns, the ways
  I've heard an echo waken
As by ye trod wi heavy foot,
  Noo talkin, whistlin, singin,
As gleefu as ghin ye'd been oot
  A' nicht an' noo were bringin
        The sport to close.

4.

I've seen you, too, when frae a ball
  I chanced to be returnin,
In jackets, sarks, breeks plaidin all,
  An' lamp fu brichtly burnin
In leather cap, an' belt aboot
  The waist fu tichtly strappin,
Wi' lichted pipe gaun bravely oot,
  Or noo a neebour rappin
        Up frae repose.

5.

Ye reach the pit an' syne ye tak
  Your bunch o' pins in haun sirs,
An' half-a-dozen for cage mak,
  An' on't in a bunch staun sirs.

Your lamps fu bricht the gigman noo
    Gies you a wee bit lift men,
Then lets the cage doon the pit mou,
    An' oot o' sicht ye're swift men,
             That early morn.

6.

Hoo sweet a tintillation noo
    Roo a' the body dances,
As ye gae slidin doon frae view,
    Whilk brings ye some strange fancies.
But chiefly felt 'boot that dear limb
    The lassies loe sae dearly,
Though sleepin roo it like sweet dream
    The feelin plays richt cheerly,
             Like glee in horn.

7.

Noo wi a dunt ye're doon, my men!
    An' on the bottom stanin,
Whaur mony mae are gethered then
    Ilk ither maybe banin.
Or maybe into bunches drawn,
    An' crackin o' the dark noo,
An' syne alang the roads ye're gaun
    To re-begin your wark noo,
             As shune's ye can.

8.

An' as alang the road ye pass,
   The branchin roads ye tak sirs,
Jist as it suits the varied mass,
   An' to your rooms ye mak sirs.
Whaur wi the bricht lamp in your han,
   Ye look aboot the biggin,
An' smoke while sae ye pryin stan ·
   To see that a' is triggin
           An' safe for man.

9.

To shearin, pillin hard ye set
   On knees, or back, or belly,
An' muckle stoure aboot ye get,
   Ye'll testify yoursel eh?
Or maybe bore an' place a shot
   O' cornstrae fou o' poother,
An' licht it till the biggin's brought
   Noo tumblin doon a' roother
          · Wi crack an' hurl.

10.

An' syne frae your retreat ye come
   To view ghin ye've done weel O,
An' maybe hauf unconscious hum
   Th' exciseman an' the deil O.

F

Wi' pensive ee ye look aroon,
    Success has bless'd your labour,
An' maybe ye gang canny doon
    A bit, an' help your neighbour
                    Whase broos noo curl.

11.

But a' this while the tow has let
    Doon ither bauns o' workers,
Your drawers come, the putters met,
    An' the wee trap-door lurkers.
The first gang to their several rooms,
    The second noo are stanin
At foot o' braes to help wha comes,
    The third whaur air is fanin
                    Bang ope the door.

12.

The drawers sho'el an' full the hutch,
    Then in ahint it push noo
Alang the rails whilk help them much,
    The putters at brae rush noo,
An' help her up while at the traps
    The boys have ready got 'em,
Until the bottomer her staps,
    An' cleeks her at the bottom
                    Up shank to roar.

13.

Or maybe ghin frae bottom faur
  The workins noo hae gotten,
They've laddie-driven ponies whaur
  The roads are warst—whilk trottin
Draw strings o' hutches far alang
  Unto the bottom roomy,
Whaur they are cleek'd an' like a sang
  Gang up the shank sae gloomy,
                    Wi' pin on ilk.

14.

Whilk pins the pithead-man hings owre
  A cleek for ilka full man,
In lines alang a board—ye glowre!
  But 'tis a' by the rule man.
Whilk they examine when again
  They come up frae the wark O,
At nicht they're to the office taen
  To show ilk man's day's dark O,
                    Marks tell whilk's whilk.

15.

The hutches syne are to the bing ·
  Pushed for the busy season,
Whaur coals lie till high price they bring,
  For bingin a guid reason.

Or ready cairts await them there,
    To tak to toon an' kintra,
For fires at hame, ships, mills, an' mair
    I needna to you hint-a,
           Ye'll min' it a'.

16.

An' noo maist ilka tow they draw
    Brings some men to the licht O,
While drawers, putters, trappers a',
    An' drivers wait in nicht O,
Till a' the darks are cleek'd an' then
    As fast as tow can draw them,
They come up the lang nicht to spen
    Jist as it pleases a' them,
           Hame or awa.

17.

Blythe lads are they as e'er I ken'd
    At rounders, shinty, tig O,
Or ony games that mirth can lend,
    'Mang baith the wee and big O
I've been in days noo far awa,
    But weel I min' hoo joyous
The hours gaed reelin owre us a',
    While naething did annoy us,
           We 'greed richt weel.

18.

They spak sae free like brithers a',
    They whiles gaed mad wi daffin,
They werena clanish but woul draw
    Wi ony fon o' laughin.
An' by the ingle I hae been
    Fu aft wi them at gloamin,
Whiffin till a' were blear'd o' een,
    Oor talk owre a' things roamin
              E'en to the deil.

19.

A truce to that—on the pay-day
    They're either up fu early,
Or else they dinna work but play
    An' meet till hour comes fairly.
An' then aboot the office door
    They gether in their order,
An' in they pop ilk ane afore
    The ane upon his border,
              That glad, sad day.

20.

They get their siller in their han,
    In paper or a' skinklin,
If ocht is wrang they maunna stan,
    But maun move in a twinklin,

An' come back on the Monenday,
  An' bring the line alang wi 't,
Then to the Manager maun say
  Whate'er thy think is wrang wi 't,
      Wha hears their say.

21.

Thae weary aff-tak's—mony a row
  An' meetin they've had 'boot them,
They've e'en set managers a-lowe
  Wha coul'na weel confute them.
They've been at M.P.s too aft seen
  An' gat a pleasant answer,
At Ministers' doors they hae been,
  An' had a weary stance sir,
      But still thae stan.

22.

Ye worthy masters an' ye men
  In power placed owre the nation,
Consider weel the cry they sen,
  The workman praps your station,
The miner's trade a' underlies,
  He warms your hearth in winter,
The rail or ship whilk wi you hies,
  Draws move-power frae his splinter
      An' labour gran.

23.

An' then, ah then! consider weel
  The wife an' wee things waitin
Upon the crumbs his han does deal,
  An' scanty meals whiles gettin.
Bane o' your bane, flesh o' your flesh,
  They are however lowly,
To help them woul your hearts refresh,
  Baith manly 'twere an' holy,
            A goodly deed.

24.

But no' to mak an owre puir mouth,
  They are baith hale an' hearty,
Can whiles on pay-nicht slake their drouth
  As weel's anither party,
An' hae a laugh amang themsel's,
  At ane anither's follies,
They are a credit to their belles,
  Wha are sweet smilin Pollys
            As e'er ye see'd.

25.

An' there's my frien auld Will wha's now
  Dead an' awa, puir fellow!
He used to set their hearts a-lowe,
  An' gar their laughter bellow

At cracks an' stories 'boot lang syne,
  An' sichts he'd seen wi sodgers,
When he in England jined the line,
  Dragoons his fellow-lodgers,
                    Richt gallant lads!

26.

The vera sicht o' him aft set
  Them to the herty laughin,
For on his head a *hat* he'd get,
  (He ken'd na o' their daffin,)
An' lang-tailed coat wi buttons bricht,
  The cudgel in his han fast,
An sae to theugh he gaed a' richt,
  Whilk made fun rin high an' fast,
                    An' their hert glads.

27.

An' mony a picture I coul draw
  Or gay, or sad, or funny,
Whilk my ain een in young life saw,
  An' grew fu dull or sunny.
Their waes an' sorrows I hae heard,
  Baith oot the hoose an' in it,
An' listened to their gleefu word
  As cantie as the linnet
                    After spring shower.

28.

But I maun close this fon Chirl noo,
   An fauld my wings to rest O,
I wish them weel this rough warl roo,
   To wham I've sung my best O.
They've manly hearts within their breast,
   An' horny hauns for labour,
An' may they still be wi health blest,
   An' never want a neighbour
         In needfu hour.

CHIRL VIII.

The Siege.

1.

YE lads wha a' day at the siege,
Or on the wa your t'il war weege,
I ken fu weel ye are fu liege,
   An' therefore I maun hail ye;
I ken wi t'il ye're aft oppressed,
Like a' wha rise frae early nest,
An' labour till the sun's in west,
   An' therefore I maun wail ye.

2.

This warl's a busy, bustlin hive,
Whaur ghin we woul keep sel alive,
We maun frae mornin till nicht drive
   At something or anither;
The claes we wear, the meat we eat,
The fire whilk keeps the hearth in heat,
An' a' whilk life needs we'll no' meet
   Upon the road like brither.

3.

Nor like a tocher frae a frien,
Sic things come rare "an' far atween,"
An' aft to them wha needna grien
       For sich—they dinna need it.
But we maun work wi micht an' main,
Wi baith oor hauns an' aft in pain,
A canny livelihood to gain,
       Whereon this life may feed it.

4.

Ye early rise frae your warm nest,
While mony a ane is being blest
Wi their lang mornin sleep, the best
       Whilk veils their een sae weary.
An' oot ye gang in mornin mist,
While aft the hail's aboot ye hiss'd,
Or the big rain to whilk ye list,
       In dim morn ga-en eerie.

5.

An' lang or short the road may be
Jist as it chances wark's gien thee,
In twas an' rees richt merrilie
       Ye tramp it in the mornin,
An' talk o' sprees an' sports yestreen,
Or news ye've gethered frae a frien,
Or o' the wark afore your een,
       The street ye are adornin.

6.

Wi jackets aff an' hung in shed,
The kit is opened gay an' gled,
An' mell an' chisels whilk ye fled
   Yestreen are haunled bravely,
An' to the stane wi manly power,
The harder ghin it prove ocht doure,
Ye gang in that fu early hour
   Whiles whistlinly, whiles gravely.

7.

An' sae ye work frae morn to nicht,
Aft wi the square see a's gaun richt,
While mony a joke its herty licht
   Sen's flashin a' aroon ye.
Or noo wi water in the pail,
Ye polish keenly till the haill
Stane's smooth as is at hame the deal
   Whaur supper shune sall crown ye.

8.

Or high up on the risin wa
Ye're busy makin a' things braw,
An' biggin hames for great an' sma
   Wi equal care an' pleasure,
A chimley here, a gavel there,
A turret or a windin stair,
The vera weans confess it's fair,
   An' stan your wark to measure.

9.

Ah! never while our tongue is read,
Will't be forgat that at your trade
Hugh Miller worked until he led
      The way in ae braw Science.
An' wrote it in as sweet a page
As ever did the ee engage
O' young or auld, unlearned or sage,
      'Tis mony a ane's envíance.

10.

Hoo he described wi canny han,
Until his vera thocht woul stan
Before you in a picture gran,
      Dry Science makin charmin!
An' then the philosophic thocht
In a deep, manly, gran min' wrocht,
An' a' in warrin splendour brocht,
      Great Truth for battle armin!

11.

'Boot dry hard facts by Science seen,
His Genius played wi heavenly een,
Until the beauties he did glean
      Frae them he brocht afore us.
Wit, humour, pathos, passion, love,
Noo wing oor thochts awa above,
An' noo sport roon us like the dove,
      Alas! he charms no more us!

12.

What beauties in the stane ye hew
Sin' it's been written o' by Hugh,
His mantle yet may fa on you,
　　　The warl will hail anither!
Wi you I mourn his loss richt sair,
To you, like me, he ever bare
A fellow-feelin—some ane dare,
　　　His shade will hail ye brither.

13.

His name maun aft be on your tongue,
When at the meal-hours auld an' young
Are gethered smokin, talkin 'mong
　　　Your ainsel's grave or cheery.
What fun ye then hae aft forby,
Like hail the shivers 'boot you fly,
At warslin too ye'll maybe try,
　　　To lichten life whiles dreary.

14.

An' when ye see up gangway crawl
The *boys* wi lime an' stanes, ye bawl
Richt hearty while unto your call
　　　Pat aye gies ready answer.
An' high up on the wa a row
Aft sets ye baith richt high a-lowe,
A word fa's like a spark 'mang tow,
　　　An' baith sides whiles advance sir.

15.

The trowen held 'tween loof an' thumb
Prepares for stane wi whilk they come,
An' syne ye see that a' is plum,

       Upon the wa sae high O.

An' then the lines at jints o' stanes
The pint o' trowen smoothly planes,
Syne wi anither stane like pains

       Ye tak wi steady eye O.

16.

Aboot the hewers flies the stoure,
Or shivers a' frae aff stane pour,
Alike maun yield the saft an' doure

       Unto your skill an' pith sirs.

An' noo wi finer chisel you
Are workin at some figure to
Adorn some corner mony view,

       O' sculpture wark the kith sirs.

17.

'Tis noo a dyke an' noo a cot,
A mill, an' noo o' hames a lot,
An' noo a mansion gran ye've got

       To raise in curly grande'r.

Or 'tis a kirk wi facins braw,
A steeple risin high 'bin a',
A ha'—but be it ocht ava

       Ye work—up starts the wonder.

18.

An' ye can mak an' auld hoose fair
As if it jist had been built there,
Ye add to *this*, an' *that* repair,
  Till its ain laird scarce kens it.
A storey ye can raise abin
The ane whilk seemed noo wearin done,
An' braw new winnocks can put in,
  Whilk unity a' len's it.

Abin the grave
In leisure   hooh
Ye place a braw stane
  The names o' them awa noo.
Ye big their grates for neebor folks,
Mang stoure whilk ither folk hauf chokes,
It only you to mirth provokes
  Sae weel ye're used wi't a' noo.

20.

Ye hew a stane whaur ye at e'en
May at the door some canny frien
Draw to your side the news to glean,
  Or talk o' days gane by sirs.
Ye men' oor walks in cities, an'
On kintra roads fence aff for man
A footpath whaur he journey can,
  Nor heed what passes nigh sirs.

21.

But O when winter crisps the stream,
An' firms its surface till ye deem
Some magic has sae charmed its cream
      Ye'll see it nae mair flowin;
When auld thack hooses nichtly grow
Bricht stalks o' ice hung row by row;
An' spring wells jist eneuch room show
      For stoup wi whilk ye're drawin;

22.

When a' oor locks are poothered braw
Yet no subjèct to taxin law,
When wark folk's weans to cobblers draw
      An' teaze them aft an' sairly;
When day is short an' sky is near,
An' sun seems sweert e'en to appear,
When bonnie birdies cease their cheer
      An' gie owre singin fairly,

23.

—Then, then ye heroes o' the mell!
Hoo blythe at morn ye meet to swell
The mirth on loch or stream in dell,
      An' hae a day o' curlin!
Your cowes a' ready twa days back,
Whene'er ye saw the wather tak
A turn—an' stanes picked frae your pack,
      Your herts wi joy are dirlin.

G

24.

The sides are picked—they staun oot owre,
The racks are formed wi ready power,
The tee an' a' its rings—say fowre—
   The hog drawn or the collie.
A toss wha plays the foremaist stane,
'Tis birl'd, an' lost an' won again,
The skip noo taks his place an' feign
    Young players roon him rally.

25.

" Play for my feet!" an' aff she goes
A' roarin up the ice—to those
Upon that side the order flows
   " O soop her up my joe lads!"
Or 'tis "up cowes, up cowes," she's strang,
An' she gangs glidin fair alang,
"A braw shot, hooch!"—an' then comes bang,
   His rival's an' gars't go lads.

26.

An' say they play aye turn aboot,
An' try ilk ither to ding oot;
"A wick on this "—" on that come stoot "—
   Or "draw atween thae twa man."
An' " soop her up " or " lift your hans,"
The skip cries frae whaur he noo stans,
An' sae he rules his joyous bans,
   As lang's they play awa man.

27.

Hoo keenly as the gloamin fa's
The game is played, to close it draws,
It is o' muckle mirth the cause
   A mirth that's maist like madness.
They roar an' soop an' comfort gie,
An' laugh till air rings wi their glee,
An' shake ilk ither's hauns richt free,
   Till their een melt like sadness.

28.

I had ae winter wi them, God!
Hoo sweet to me wi a' the load
O' cares an' pains neth whilk I trod,
   Frae aff my back they whummled.
Alas! thae tener hauns o' mine
Wi rough broom cowes their skin did tine,
I caredna, 'twas like auld lang syne,
   My heart wi wil' mirth trummled.

29.

An' then when darkness fell owre a'
To Mary Downie's we did draw,
An' had oor dram-fu stoot an' raw
   Or else in reekin toddy.
Mixed wi a sweet an' cantie sang
An' jokes an' crack the nicht gaed bang
Richt owre oor head—we'll min o't lang,
   Sae cantie was ilk bodie.

30.

Nae mair the noo—a health to you,
Ye lads o' mell an' chisel true,
The square an' eke the compass too,
      An' then hurrah for curlin!
It's an ill win' blaws nae ane guid,
Do jist again as then ye did,
I hope again to warm my bluid
      Wi you when winter's whirlin.

CHIRL IX.

Jock o' Wisely.

AE nicht—a wil' uproarious nicht
Eneuch a' aff the street to fricht,
—Jist ere the ten hour's bell had rung
In the auld spire whaur lang it's hung,
Auld Jock o' Wisely chanced to be
Returnin frae a visit he
To an auld crony had been giein,
An wha was noo jist thocht a-deein.

  He had a dram there, an' maybe
Ane ere he gaed his frien to see,
But yet he was as clear o' head
As e'er he'd been sin' he coul read.

  It chanced that near the warkhoose en'
A bunch o' men were crackin then,
An' Jock coul see amang them a'
The Doctor, weel ken'd far awa,
An' hailed him wi a free salute,
Turned canny to the crowd aboot,
An' sune was sharin' in the crack,
Whilk seemed much mirth to them to mak.

A bonnie licht shone roo the blind,
An' on the loan like morn reclin'd,
Frae kitchen winnock o' the hoose,
At corner o' the Wynd ye choose
When to the miller's ye may plod,
A dentie bittock up the road.
The wee-room winnock farther west
Was dim as sky when myn's in nest,
Whilk told " nae tenants here the nicht,"
Or else they had shut in the licht;
An' ane proposed to gang that airt,
An' hae a drappie ere they'd pairt.

    Wi richt guid-will they slowly crossed
The loan an' catched in's chair mine host,
'Twas Tammie at the papers readin,
Beside a fire wi walth o' cleadin,
Whase licht across the sanded floor
Lay bricht an' bonnie to the door.

    They crossed the kitchen floor an' syne
Aboot the table sat fu fine;—
O table! had thoo tongue to tell
O' a' whilk in that room befel,
A weary winter thoo couldst keep
Us listenin an' gar oor herts leap.
I hae been there mysel ere noo,
An' seen some gettin fechtin fou;
It was oor houf when comin hame
Frae singin classes an' frae game;

An' mony a cantie sang I there
Hae heard gaun swirlin up the air,
An' mony a story whase wil' glee
Made nicht glide by richt merrilie!
  This nicht besides oor hero an'
The Doctor, wha's a social man,
There were auld Gibbie cross the street,
His nephew Johnnie singer sweet,
Archie o' story-tellin fame,
Davie wha owre by had his hame,
Rab wha kept richt the fermer's graith,
Geordie wha aye to pairt was laith,
An' English John wha wi mine host
Made up the corps o' wham we boast.
  They sat an' sang an' stories tell'd,
While hour on hour abin them swell'd,
An' reekin toddy fleein roon
The social nicht's delights did crown.
  Jock sat an' had his share o' crack,
An' o' the toddy took his whack;
At first he felt his face grow warm,
An' ilka word they spak had charm,
His head began to heat a-wee,
His tongue gat loose an' wagged wi glee,
His een began to row fu wil',
An' laughter brak frae ilka smile,
His haun began to shake a-wee,
An' aften knocked he knee gain knee,

He beat wi foot upon the floor,
Noo spak till maist his vyce did roar,
Noo thumped his han upon the table,
An' thocht himsel maist for ocht able,
Until he gat upon his feet,
An' shuin did the corps entreat
To jine wi him in ae guid toast,
"The Land o' whilk ilk Scot does boast,"
To which they a' gied ready chorius
(For by this they were a' near glorious)
An' wil', an' lood, an' faur, an' lang,
The "hip, hip, hip!" cam frae the thrang,
Till some foun't difficult to get,
An' searched awhile to find, their seat.

Twa hours ayont the turn o' nicht
Had noo gane by mid wil' delicht,
An' though nane had much length to gang
They thocht it time for "lang syne's" sang,
Whilk they struck up wi ae fon chirl,
An' yet coul feel it their hearts dirl,
Then took the road ilk his ain gate,
Some up, some doon, some cross, to Kate!

Wi Gib an' Johnnie up the street
Jock gaed as weel's he coul on's feet,
But no' far till they guid-nicht took,
An' left Jock to himsel to look.

He ken'd fu weel whaur he was stanin,
The wil' wind he was noo lood banin,

But aye the mair he cursed its battle,
The mair the chimley-cans did rattle.
He kept his feet as weel's he coul,
Anither stacher noo he woul,
An' thocht hoo Jenny woul bleeze up,
Ance he his big chair had in grip.

He passed the wynd, reached the Kirk-port
An' passed it wi a kind o' snort,
An' noo forenenst the auld lane steeple
He thocht he'd be like ither people,
An' set his watch by public time,
Forgetfu nicht noo roared sublime.

Amang the ash trees o' lang syne,
Hoo that wil' nicht did roar an' whine,
Sughed owre the graves amang the stanes,
Like vyces frae the dead folk's banes,
Jock was mistaen if ghaists were no'
Oot on the wind that nicht, when lo!
He saw frae 'neth the dial where
A wee bit winnock looks oot there,
A licht shine roo an' sair amazed
His een let fa', an' syne them raised,
Turned them awa, then back again,
To see he wasna noo mistaen.

Resolved to see the real, true cause,
For drink's abin a' nature's laws,
Defies a' ills an' dares what man
In sober senses daurna scan,

—He lap the dyke an' made a sweep
Back frae the door some length to keep,
An' aft amang the graves he tumbled,
But ne'er ae word aboot it grumbled;
Until on's belly lyin flat
Forenenst the auld spire door he gat,
Whilk being open he coul see
A sicht that took drink oot his ee.
Nearer and nearer still he crawled,
An' lay noo 'tween the grassy fauld
O' twa high graves where he beheld
An unco sicht as e'er was tell'd.

  Upon the floor the knitted banes
O' those on wham had lain kirk-stanes,
Were dancin in the form o' men
An' women as they tripped it when
In days awa they met for glee,
When life was sunny, blythe an' free.
Their coffins stood aroon the wa's
Jist as they'd stapped frae them, in raws,
While on a bench forenenst the door
The deil himsel presided o'er
The baun o' witches wha noo played
Sic music as ear ne'er delayed.

  He was in hue as dark as nicht,
Whaur een shoul been a hell-like licht
Shot oot an' scorched where'er it fell,
In shape a man, but let me tell

His feet were those whilk hoofed beasts hae,
An' e'en a tail he did display.
On ilk side sat 'ree witches wha
In duffles dark were hid from show,
But siccan faces ne'er were seen
As they had noo, by mortal een.
Ane had a thing fu like a horn,
Ane had a harp wi some strings torn,
A tambarine, bagpipes, a fyfe,
An' clar'net a' helped to gie life,
While Nick himsel upon a drum
Was beatin hard, till e'en the dumb
Wa's gat a fleesome vyce whilk made
Jock wae an' eerie whaur he bade.

An' aft he thocht unto himsel,
Ghin ilk auld witch had been a belle,
Hoo happy he'd been abin a'
His chums wha noo were gane awa.

The music rowed fu lood an' wil',
The skeletons moved 'boot the while
In reels an' country-dances fair,
An' noo in rule-less tumult there,
An' noo a hooch! an' noo a cheer,
Brak drearily upon Jock's ear.

A belt o' licht aroon the wa,
Sic licht as Jock yet never saw,
Its shine threw over a' the scene,
The strangest ever met his een.

Jock glowered noo at the skeletons,
An' watched their staps an' heard their tones,
Syne on the witches turned his ee,
An' thocht he coul in ane's face see
The features o' a lass wham he
Ken'd for a beauty, when a wee
Lad he was ere he ken'd o' wark,
An' steadfastly he did her mark;
An' bringin auld lang syne to view,
An' tryin thus ghin sicht were true,
An' thinkin not on what he saw,
But on days an' scenes faur awa,
The mutter he made to himsel,
Noo to a roar did boldly swell:
"What do ye there, O 'fairy Nell?'"
An' in a twinklin the licht fell
Like torches to ilk witch's han,
The skeletons an' a' flew, an'
Forth rushed the witches wi the deil,
An' owre the graves ran at Jock's heel.

 Nell jist had gat her han on's hat
As Jock across the dyke noo gat,
When in the morn's ear a cock crew,
An' a' the ban in lichtnin flew;
Ae dreep an' Jock his safety gat,
But saw a flame devoor his hat!

CHIRL X.

The Broomielaw.

WHAUR ance a stream rowed doon mang fertile lands
A giant river noo its breast expands,
Wi high-piled hooses by its ilka side,
An' ships whilk 'mang its waters sleep an' glide.

  See whaur thae waters rowin braid an' deep
Gush 'neth the arches that abin them sleep!
A gran braw brig as ever met the ee
Reared when James Ewing was the chief o' the
Grave dignitaries o' great Glasgow city,
A man whase bosom glowed wi manly pity
For a' wha 'neth oppression groaned, or wha
In frienless poverty were lyin low.

  Doon frae the brig the waters flow 'tween wa's
Deep, strang an' massive, an' for sich there's cause,
For whaur auld men ance waded in their teens
When life was fresh an' buoyant as Spring scenes,
In a clear river, 'tween broom-bloomin banks
Whaur lassies decked their hair an' showed their shanks,
—Noo flows a mass o' water in which ride
The mightiest ships whilk dance owre ocean's tide;

An' aft like surge o' a tide-swellin sea
The waves row when some giant hulk floats free
An' rocks the lines o' vessels there at rest,
As if upon a playful ocean's breast
They noo wi sails ootspread enticed the gale
An' bounded on some far-aff port to hail,
Whilk fancy's ee already coul descry
Wi a' the wil', exultin ecstacy
Whilk rises frae the hert when hope becomes
The sweet reality an' a' joy sums.

   Here near the brig on the north side ye see
The steamers moored, ere they sail aff for the
Delightfu places whilk alang the coasts
Faur doon the frith attract the pleasure-hosts,
An' noo in summer pride arrayed fu gran,
Like brides await the comin o' the ban
O' city folks, to raise the glee alang
The woody hills an' a' the rocks amang,
And mak thae lanely toons ae wide array
O' mirth an' beauty, wealth an' gaiety.
An' stead o' listenin noo to ocean's sang,
Whilk swept their ears the lee lane winter lang,
The minglin vyce o' children, mothers, maids,
Young men an' fathers, wi sweet life pervades
The eerie air o' glen, an' hill, an' shaw,
An' owre the hills drives solitude awa.

   The quay is swarmin wi folks bustlin noo
To catch, o' their trig steamer, a quick view,

An' in they pour, some into *this*, some *that*,
In merry spirits an' wi walth o' chat,
An' on the deck or doon the stair lay by
The bags an' baggage, until they draw nigh
Their chosen place o' sojourn at the coast,
Whaur they'll forgether wi a merry host.
Syne on the deck alang by bulwarks an'
On fauldin stools they sit, or noo they stan,
Or walk aboot an' gaze on things aroon,
Or scan the buildins o' the busy toon.

    An' a' this time are men upon the quay,
Fillin the barrows wi the coals whilk be
In heaps seen here an' there—an' wheelin them
Into the boats to gie them power to stem
The stream an' cleave a way, when by the steam
The wheels an' levers o' the engines gleam
An' move an' roll, an' like light playthings drive
The boats wi a' their loads, dead an' alive,
Alang the bosom o' the crowded Clyde,
Until they far roo scenes o' nature glide,
An' hail the fields an' far extendin sweeps
O' high, wil' mountains on whilk shadow sleeps.

    An' 'neth the shed on seat alang the wa',
Or in groups stanin dressed fu' trig an' braw,
Are mony waitin till the hour sall strike
When their boat sall lie neist the stream-swept dyke;
—Sweet lassies as ane's ee e'er glowed to see,
Love in their smile an' fonness in their ee,

The promise o' untellable delight
In every feature noo wi young life bright,
Whase forms, whilk e'en their dresses canna veil,
Noo hansome dawnin on the fancy hail
The heart to dance, and gar the tongue glow to
Exclaim hoo much their presence gleddens you;
An' aulder women whase age-mellowed mien
Maks youthfu beauty lovelier to be seen;
Auld men and young, some o' a' faur roads come,
—Noo sit an' chatter or some auld sang hum,
Or on some hoastin steamer gaun awa
Look wi lang ee, an' see their ain noo draw
Into its place whilk brings new life into
Their hearts, an' gars them jump to catch her noo.
　　Lang lines o' shippin rise on ilka han
Doon frae the steamers, beautiful an' gran,
Deep in the water sink their noble forms,
An' high owrehead the pairts that brave the storms
Like hoose-sides rise, while masts in threadless maze
Dart up into the air whilk 'boot them plays;
Their sails a' furled an' roon the yard-arms twin'd,
Wi countless raips noo intricately lined;
Or 'boot the masts the sails are tied as if
They ne'er again in wind shoul stretch oot stiff;
While on ilk haun ootside thae ranges o'
Tall masts the sheds are seen their roofs noo show;
An' ayont them the lines o' streets appear
Wi shops an' hooses for the sailors dear,

An' dwellins too whaur mony a lovin wife
Is battlin fonly in domestic strife;
An' shipyards ringin draw the wanderin ee,
An' forges by them like their helpmates see;
An' lookin back, the files o' arches you
See hauf close in, wi noble front, the view;
While high owre a' dark brick lums rise an' sen
Black swirlin smoke faur up the clear sky then;
An domes, an' towers, an' steeples rise on high
Owre a' the faur extent o' buildings nigh,
An' waft the thochts away to happy heaven,
Frae a' the wishes to your spirit given
By the aboundin wealth aroon you seen
In what attracts the ever wonderin een.

 Frae ilka ship whilk lifts its masts on high
An' fonly coorts the passin gazer's eye,
Men noo are busy bringin forth the ores,
Or layin in her chosen, chartered stores,   •
While horses laden come, or laden gang,
An' a' the quay is as a fair-day thrang;
An' noos-an-tans upon the deck ye see
The men repairin sails or raips wi glee,
Or up amang the masts they battlin are
To mak things ready for the voyage far;
An' gazers loungin roam aboot the quay
To marvel at the strange braw things they see;
An' ferry boats cross river come an' go,
Aft wi some fair ane wha on sicht doth glow

H

Like mermaid smilin' owre the waters wide;
Or Jacks dash quickly 'cross frae side to side;
While here an' there some wil' sea chant is heard,
An' a' the spirit by its swell is stirr'd,
Stirred till it spreads its wings an' far away
Is boundin owre the waves 'mang wind an' spray,
An' gazin 'lang the wil' extent o' sea
Exults to find itsel ance mair bound free,
Till turns the ee again whence thae souns came
An' it alas! finds oot it's still at hame.
    What crowds o' thochts rush in upon the min'
O' him wha wauners by the river's line!
Forgetfu o' the city piled withoot,
Tho' thocht micht dwell owre't till nicht's lichts come
An lookin but alang the lines o' masts   [oot—
Swept aft an' wil' by every ocean's blasts,
What visions rise afore the fancy's ee,
Imagination here the world may see!
For every clime has smiled or roared aroon
The ships whilk here lie an' stretch far, far doon,
The odorous gale owned by the sunny South
Whase sweetness melts the lips yet brings a drouth,
The wil' tornado blasts whilk frae the North
Come in the whirlwind tempest rollin forth,
The pleasant breezes frae the West, an' the
Sweet gales the golden East lets wing forth free,
—Hae a' aroon thae noble vessels played,
Till fancy sees aboot them noo displayed

The charm an' beauty o' ilk distant clime,
Whilk guides its footsteps by the march o' Time.
   Ah! wha but thinks upon the gallant Jack
When storms at hame the sky torment an' wrack,
When owre the city sweeps the maddenin gale,
An' roo the village drives the blast an' wail
O' winds that shake the wuds an' turn the stacks,
—Whase thochts then turn not to our storm-toss'd Jacks!
We think on him upon the yard-arm perched,
While every limb is by the wild blast searched,
Rocked wi the swingin o' the gallant ship
As noo she doon into the trough doth dip,
An' noo mounts on the swell o' warrin waves,
Roon whilk the tempest in its madness raves,
An' noo, as if a part o' the ship, he
Swings wi her in her ilka jink an' gee,
Reefs, or gies mair scope to, the bulgin sail,
An' mingles in the whistle o' the gale,
Surveys ilk raip to see a's ticht an' sure,
An' wars wi nature whaur she is maist doure,
Swings wi a darin dash frae arm to arm,
An' seems to feel the danger bring but charm,
Ascends the mast to firm some slackenin knot,
An' does it while rocks in the gale the boat,
An' thus exalted "in his airy shrouds,"*
He mingles bravely wi' the storm an' clouds.

---

* Campbell's *Ode to Winter*.

An' then to lie an' gaze on sunny days,
While in a caum the lazy ship delays,
Alang the waters jist relieved frae rest
Eneugh, to show o' motion still possessed,
What yarns are spun o' days an' voyages
In bygane years whase memory noo can bless,
What backward looks to friens they've left at hame,
An' some are spoken o' e'en by the name,
The girl wha owns the best part o' his heart,
An' frae wham it a struggle was to part,
—But truce to that—Jack dances owre the deep,
An' when on shore lang holiday does keep!.

But to unfauld e'en noo the hauf o' a'
Oor thochts an' visions at the Broomielaw,
Woul swell this Chirl into a season's roon
O' upward singins—sae I maun drap doon—
But when ye want to see a sicht that's great
A pride to Glasgow an' eke to the State,
Jist tak a stap doon by the Broomielaw,
An' ghin I've lie'd tell when ye come awa.

CHIRL XI.

Burns—Byron—Scott.

1.

To him wha at the pleugh a' day
T'iled wat an' dry baith sad an' gay,
An' sang at nicht the glorious lay
        Whilk Scotia boasts,
I noo woul hae a canny say,
        He's ane 'mang hosts.

2.

Born, cradled, reared, an' livin a'
His days in a cot mean an' sma,
He yet coul soar up an' awa
        E'en to the heaven,
An' sing o' joys in hut an' ha,
        Sic power was given.

3.

His een were deluged sae wi licht,
He aft was blindt wi high delicht,

An' scarce coul choose tween wrang an' richt,
　　When wrapt up sae,
His vera weakness cam frae micht,
　　He still was clay.

4.

His soul was lighted up divine,
Temptation fell across his line,
An' heedless o' what he micht tine
　　He seized the charm,
Whilk in his ain min's licht did shine,
　　Nor thocht o' harm.

5.

He in the flush o' poesy
Looked but at what then met his eye,
Forgat he was a man forby
　　An' whiles he fell,
Tints his ain soul lent what was by
　　Made him rebel.

6.

An' ye wha'd blame, if a' ye did
By lynx-eyed faes were watched, nocht hid,
An' snares were laid where'er ye glid
　　What tale were yours!
I leave yoursels to say, ye guid!
　　Burns' fame endures.

7.

His fauts were fauts but common to
The race o' man where'er we view,
An' great temptations still pursue
   The great an' gran;
His glory's glory gien to few
    'Mang fallen man.

8.

I aften think I see the man,
A braw, stout, strappin chiel wi gran
An' glarin een whaur we may scan
   A fiery soul,
Whase blaze woul scorch whate'er woul stan
    'Gainst its control.

9.

Beside his pleugh I see him noo,
Wi pensive hert his ain deed rue,
When turnin owre unto the view
   The daisy braw,
Till, musin owre't, frae his lips flew
    Sang ken'd by a'.

10.

That watchfu nicht when owre his head
The stars were burnin, wha can read

Nor feel his inncs. ´ ᴏm ᾽.
                    Owre Mai᷀ lost!
As sweet an' gran a wail owre dead
                    As earth can boast!

11.

An' then the wil' terrific fire
Whilk burns an' flames wi glorio᷑ s
In Tam o' Shanter 'roo the mire
                    An' at the kirk,
An' doon the brae to brig in dire
                    An' haunted mirk!

12.

Wha doesna wish that they had seen
Him after that wi their real een
Ahint the pleugh, at nicht-at-e'en
                    Gaun drivin hame,
Or at the smiddy jist atween
                    Day an' nicht, flame

13.

Up into wil' but manly glee,
While wit an' humour baith did flee
Frae lips whaur wisdom cam richt free,
                    An' pathos too?
He then had been a sicht to see
                    By me an' you.

14.

Mark too the curlin lip o' scorn,
Whan speakin o' high or low born,
V. ha'd done what coulna weel be borne
   By manly breast,
The cuttin sarcasm whilk had torn
   The pride o' best.

15.

An' eloquence—a heavenly flow—
Gushed frae his lips when he did glow
'Boot some sweet lass, or bonnie show
   In nature seen,
Or some great man whase fame to blow
   He loed at e'en.

16.

An' never sin' the youthfu sun
His race roon oor auld warl begun,
Did he behold another one
   Wha sung mair sweet
O' love an' beauty, till he's won
   Ilk fair's heart-beat.

17.

He sang o' love in a' its phases,
By fireside warm an' 'mang the daisies,

In city streets an' woody mazes
  Wi rapture fon,
An' ilka ee whilk reads amazes
  To look upon.

18.

The raven hair an' bricht black eyes
He ken'd richt weel hoo high to prize,
Their beauties in his sang noo rise
   Sweet, fon an' fair,
An' owre the page their radiance lies
   For evermair!

19.

The sunny locks whilk glitterin fly,
The een whase hue is like sweet sky,
Were baith divine unto his eye
   An' sae he sang,
Until their charms whilk ne'er can die,
   Shine his leaves 'mang.

20.

The bonnie broo an' rosy cheek,
The swanly neck an' bright lips sleek,
The "snaw-drift bosom" burnin eke,
   Were his delight,
An' as he thocht an' felt did speak,
   An' eke did write.

21.

A bonnie ankle took his ee
An' a' his soul grew melodie,
A hansome form he woulna gie
      For a' earth's gear,
Nor was he sweert to own't, for he
      Aft sung 't wi cheer.

22.

An' coul I dare forget the treat
Divinely pictured, whilk we meet
In "Cottar's Saturday Night," sweet
      An' truthfu' too,
Whaur love an' piety complete
      The scene we view.

23.

Wit, humour, pathos, passion, love,
Deep thocht an' thocht whilk swept above,
In rich an' wild luxuriance move
      Before our sight
In the man Burns wha aft a dove
      Shared men's delight.

24.

The vision and the faculty
Divine were his, to gar obey

A' thae gran powers whilk at his sway
      Were ready still,
While man is man to latest day,
      Burns gladden will.

25.

Aft hae I thocht, an' thocht again,
'Tween Burns an' Byron—glorious twain!—
There was a likeness I woul fain
      Some day reveal,
But ither wark an' rowth o' pain
      Hae held me weel.

26.

Essentially alike in heart
An' soul they still before me start,
An' from this thocht I canna part
      Think as I will,
An' on my soul they gang an' dart
      Thegither still.

27.

Their lives in spheres far parted shone—
Deduct this difference an' the tone
Is quite the same which baith do own,
      An' glorious 'tis,
They'd sung alike if baith had grown
      I' like wae an' bliss.

28.

The tide an' circumstance o' life
Were widely different in ilk's strife,
But baith bled wi misfortune's knife
   An' felt it keen,
In ilk ane's path were sorrows rife
   Wi joys atween.

29.

Their vera joys an' sorrows were
The same at core though parted there
By a' the width o' life's span fair,
   Whilk gave them but ·
A diff'rent draping to the glare,
   Roon like form shut.

30.

But reared an' educated in
A diff'rent sphere and diff'rent scene,
Ilk sung accordin as his een
   An' heart did flame,
But still essentially is seen
   Their poetry same.

31.

A word on Scott wha (less afflicted,
Sae faur as in his "Life" depicted)

Was—tak my word—whiles interdicted
   By waes like theirs,
I see 't in mony a line reflected
   Whilk his name bears.

32.

He rolled his soul out in such sang
As placed him 'mang the highest thrang,
Whase swell lang ages sall prolang
   As still 'twere new,
I hear it ringin far alang
   The future through.

33.

Thae three sall staun *amang* the first
Class o' great Poets wha hae burst
On earth—yes, an' till man has nurs'd
   Some Art that's mair
Divine than Poetry they, as erst,
   Sall first wreaths wear.

34.

Glory to sich—I loe them weel,
But I maun doon frae this chirl wheel;
Yet wha that joy or grief does feel
   But fonly turns,
To them wha sing o' woe' an weal—
   Scott, Byron, Burns!

THE GLOAMIN HOUR.

1.

Ye bonnie wuds whaur aft I've loed,
  When gloamin birds sae sweetly sung,
Ye ken hoo fonly I hae wooed,
  While ye wi their lood loves hae rung.
An' as they sang on bough an' spray,
  An' did their notes o' sweetness shower,
Their warbled wooins seemed to say—
  The lover's joy's the gloamin hour.

2

The closin flowers an' veilin sky,
  The bee an' insect gane to rest,
Leave naething to beguile the eye,
  Nor wile the hert frae her loed best.
An' if some brook o' melody
  Shoul breathe its murmurs roon yur bower,
'Twill only seem as sung some fay
  The rapture o' the gloamin hour.

3.

Sweet gloamin hour, the hour o' love,
 When day sae pleased leans in nicht's arms,
When earth below an' sky above
 Embracin own ilk ither's charms!
The lovers see their image there,
 An' in it feel a magic power,
To them the noon is no' sae fair
 As is their ain dear gloamin hour.

HYMN TO THE COVENANTERS.

1.

Rest! heroes of as grand a cause
    As e'er unsheathed a nation's sword,
Religion's truths and Freedom's laws
    Were yours, Immortal Brave! to ward.
Ye stood undaunted in the breach
    When Freedom's bulwarks crumbled low,
And did to all times nobly preach
    The sword and Truth may front the foe.

2.

With flaming swords ye rose around
    The Eden of our liberty,
Which native seems to Scottish ground,
    And makes her chief of Lands alway
Appear to those who claim her theirs,
    For deeds like yours, before and since,
Have made her sons the noblest heirs
    That e'er free homage gave to prince.

3.

O never yet since right and might
    With front to front in battle faced,
Did braver band for country fight,
    Nor with their blood their high deeds traced

In fadeless lines on many a scene
  Which thousands visit for their sake,
And keep *their* fame for ever green
  Who bled on field and died at stake,

4.

And saw heaven open through the cloud
  Of rolling smoke and sheet of fire,
While 'mid the wild flames crackling loud,
  There seemed to sing a heavenly choir,
Whose music faint and fainter grew
  As dim and dimmer waned the light,
Until the soul with fire winged flew
  Home 'mong a flight of angels bright.

NOTE.—It may be asked—How can you reconcile your admiration of Sir Walter Scott with your admiration of the Covenanters? To this I answer that, Sir Walter Scott's object in "Old Mortality" appears to me to be, *not* to unfold the principles of the Covenanters, but to show how Scotland was affected by the storm which swept over her then. There is no character in that very splendid romance which, I believe, was not met with among the Covenanters; for Sir Walter knew, as well as anybody, that a good cause is whiles injured by over-zealous advocates who are *really and at heart* its enemies. The apostles had a Judas among their number! and that number was twelve only—how much more likely then was a cause which numbered its thousands to have some who joined it from such motives as the love of excitement, love of mischief! etc. Sir Walter, it is true, has drawn his characters chiefly, almost exclusively, from the latter class; but an imaginative writer is always at liberty to *select* his characters. Sir Walter was far too true a Scotchman, and far too true a lover of Freedom, to disparage the efforts of men who were so earnest, so sincere, and so brave as the Covenanters. It certainly is to be regretted that *he* did not depict some of the real, genuine representatives of that truly pious and heroic struggle, either in "Old Mortality" or in another charming romance—but, my country! be thankful for what you have gotten, and read that work in the light of this Note.

BOTHWELL BRIG.

1.

ONCE on Bothwell's sounding arches,
  Where the Clyde rolls softly by,
Line on line to battle marches,
  Ready for their Land to die.

2.

On and on the patriots rolling
  Met the legions of their king,
More than all the Truth extolling
  In the swords which round them swing.

3.

Round the cataracts of fire there
  Rolling o'er that field of woe,
Blackened clouds of smoke whirl dire there,
  Swirling like spray from below.

4.

Roll of drum and blast of bugle
  Mingling with the peal of gun,
Little need they one to fugle,
  To the charge like fire they run.

5.

On and onward still they're rushing
　　As waves of cross currents go,
Trampling, rolling, swinging, crushing,
　　Brother, brother like a foe.

6.

See the patriot host retiring
　　Leaderless yet bold and brave,
Carrying to the hills the firing
　　Spirit which ne'er finds a grave.

GLOSSARY.

A', all.
Aboon, abin, above.
Aboot, about.
Ae, one.
Aff, off.
Aft, oft.
Aften, often.
Afore, before.
Again, against.
Ahint, behind, in rear of.
Aik, oak.
Ain, own.
Airt, point of the compass, direction.
Amang, among.
Amaist, almost.
An', and.
Ance, once.
Ane, one.
Aneth, aneath, beneath, below.
Anither, another.
Aroon, around.
Aside, beside.
Atween, between.
Attrac, attract.
Aucht, aught, to own, right, possession.
Auld, old.
Ava, at all,
Awa', away.
Ayont, beyond.

Ba', ball.
Baith, both.
Bane, bone.
Bang, ding, drive.
Bairn, child.
Bare, bore.
Baun, ban, band.
Ben, bend.
Beuks, books.
Bien, wealthy, plentiful.
Big, build.
Biggin, the coal as it stands below, a building, a cot.
Bing, heap.
Blaw, boast, long-winded boasting.
Bleared, eye-bedimmed.
Bletherin, idle talking.
Blindt, blinded.
Bluid, blood.
Bodle, a small Scotch coin.
Bools, marbles, balls.
Brag, boast.
Braid, broad.
Brak, broke, insolvent.

Brang, brung, brought.
Brat, apron.
Braw, beautiful, splendid.
Breenge, rush, force.
Bricht, bright.
Brither, brother.
Brig, bridge.
Brocht, brought.
Broo, brow.
Busk, to adorn, to deck as with flowers or ribbons.
But an' ben, two apartments in opposite ends of house, two adjoining apartments.

Ca', call, name.
Cairt, cart.
Cam, came.
Canna, cannot.
Canny, cautious, mild, inoffensive.
Cantie, joyous, merry.
Carried, light-headed.
Caucht, caught.
Caul, cauld, cold.
Caum, calm, smooth.
Certes, certainly, assuredly.
Chimley, chimney.
Chirl, the song of a bird—applied chiefly to the song of the lark.
C'in, coin.
Claes, clothes.
Claith, cloth.
Clamb, clomb.
Clanish, party-spirited, bigotted in a party.
Claverin, idle talking.
Clead, clothe.
Collie, a shepherd's dog, also the same as hog (which see).
Coort, court.
Coul, could.
Cowe, a broom brush.
Cozie, snug, close.
Crack, conversation.
Crawtae, crowtoe, applied to a jagged, stair-like gable.
Creatur, creature.
Cronie, an associate.
Cuif, a blockhead.

Dae, do.
Daffin, merriment, foolishness.
Dander, dauner, wander, a slow walk.
Dark, darg, the quantity of coals a collier must put out per day, a day's work.

Daur, dare.
Daw, dawn.
Deal, board, table.
Delicht, delight.
Dentie bittock, something within a mile.
Devoor, devour.
Dinna, do not.
Donnered, crazy, silly in mind.
Doon, down.
Doure, sullen, stubborn.
Douse, sober, wise, prudent.
Drap, drappie, drop, a little.
Dreep, drop, to drop by the hands from a wall.
Droon, drown.
Duffle, mantle, cloak.
Dunt, a knock, a blow.
Dwalt, dwelt.

Ee, eye.
Een, eyes.
Eerie, affrighted, haunted, dreading spirits, sad and lonely.
En, end.
Eneugh, enough.

Fa', fall.
Fae, foe.
Faither, father.
Fauld, fold.
Faur, far.
Faut, fault.
Feck, a part, a number.
Ferlie, wonder.
Fermer, farmer.
Fiel, field.
Fient-a-ane, none.
Fient-the-fears, no fears.
Fleesome, fearful.
Flee't, feared.
Flicht, flight.
Flittin, removal of furniture.
Focht, fought.
Fon, fond.
Fonness, fondness.
Foord, ford.
Forby, besides, as well.
Forenent, forenenst, opposite.
Forgether, to meet, to encounter with.
Fou, fu, full, drunk.
Fowre, four.
Frae, from.
Frien, friend.
Fur, a furrow.
Gab, talk, mouth.
Gae, go.
Gaed, went.
Ga-en, very.
Gain, 'gainst, against.
Gane, gone.
Gang, go.
Gar, make, compel.

Gat, got.
Gaun, going.
Gavel, gable.
Gether, gather.
Ghaist, ghost.
Ghin, if.
Gie, give.
Gied, gave.
Gien, given.
Gled, glad.
Gledden, gladden.
Gless, glass.
Glint, glimpse, glance.
Glower, stare.
Graith, harness, a collier's implements.
Gran, grand.
Grande'r, grandeur.
Granny, grandmother.
Gree, to agree.
Greed, ravenousness, hunger.
Greet, weep.
Grien, to long, to weary for.
Grulchie, bunch-like, thick and short.

Ha', hall.
Hae, have.
Haet, aught, anything.
Ha'f, hauf, half.
Haill, whole.
Hame, home.
Han, haun, hand.
Hansome, handsome.
Haud, hold.
Heeluc, Helen.
Heicht, height.
Hert, heart.
Hog, a distance-line in curling, drawn across the rink. When a stone fails to cross it, a cry is raised of "A hog, a hog," and the stone is removed.
Hoo, how.
Hoose, house.
Host, hoast, cough.
Houf, shed, resort.
Howdie, midwife.
Hunder, hundred.
Hutch, the little waggon in which the collier sends up his coals, a cottage.

I', in.
Ilk, each.
Ilka, every.
In, affix for *ing*.
Ingle, chimney-fire.
Ither, other.

Janty, jaunty.
Jine, join.
Jink-an-gee, irregularity, applied

primarily to moving forwards and dodging from side to side.

Jist, just.

Kame, comb.
Ken, know, view.
Kenna, do not know.
Kin', kind.
Kintra, country.
Kirkin, a new-wed couple's first day at church.
Kittle, tickle, ticklish, perplexing.

Lachin, laughing.
Laith, loath, averse.
Lang, long.
Lan, land.
Lap, leapt.
Lee-lane, all alone.
Len, lend.
Leeved, lived.
Licht, light.
Loe, love.
Loof, palm of the hand.
Lood, loud.
Loot, let, did let.
Loup, leap.
Lug, ear.

Mae, mair, more.
Maist, most.
Maister, master.
Mak, make.
'Mang, 'mong.
Maun, must.
Maunna, must not.
Mell, mallet.
Men', mend.
Micht, might.
Midden, dunghill.
Min', mind.
Mither, mother.
Monenday, Monday.
Mony, many.
Mou, mouth.
Muckle, much, great, tall.
Mutch, a woman's cap.
Myn, moon.

Na, no, not.
Nae, no, none.
Neebor, neighbour.
Ne'er, never.
Neist, next.
Neuk, nook.
Nicht, night.
Nicht-at-e'en, the interval between the stopping of work and bed-time.
No', not.
Nocht, nought, nothing.
Noo, now.
Noos-an-tans, now and then.
O', of.
Ocht, anything.
'Od, God.

Ony, any.
Oor, our.
Oot, out.
Ordner, ordinary, casual.
O't, of it.
Owre, over.

Pairt, part.
Peg, policeman.
Pill, to cut perpendicularly.
Pitty-pattyin, that fluttering of the heart caused by fear, or sadness, or joy.
Plaidin, a coarse kind of flannel.
Pleugh, plough.
Poo, pull.
Poother, powder.
Prap, prop.
Pouk, pluck.
Pree, taste.
Pu', pull.
Puir, poor.

Rack, rink.
Rape, raip, rope.
Raw, row.
Redley, likely, probably.
'Ree, three.
'Retty, thirty.
Rin, run.
Roost, rust.
Roo, through.
Roon, round.
Roother, topsy-turvy, confused, noisy, fond of sport.
Roo-the-doors, a closs with a door at each end.
Roun, round.
Row, roll.
Rowth, plenty, sufficiency.

Sae, so.
Sa'fs, save us!
Saften, soften.
Sair, sore.
Sall, shall.
Sang, song.
Sax, six.
Schule, school.
Sclate, slate.
See'd, saw.
Seelent, silent.
Sen, send.
Shaw, a wood.
Shear, to cut horizontally.
Shew, sew.
Sho'el, shovel.
Shoul, should.
Shouther, shoulder.
Shue, to swing backwards and forwards.
Shuit, suit.
Sic, such.
Siccan, such, such a.
Sich, such.

Sicht, sight.
Siege, the bench at which a mason works.
Simmer, summer.
Sin', since.
Skip, chief player at curling.
Slicht, slight.
Sma, small.
Smiddy, smithy.
Snaw, snow.
Snod, trim, to dress.
Sodger, soldier.
Soop, sweep.
Soorocks, a green herb.
Spak, spake.
Speel, climb, ascend.
Sp'il, spoil.
Spree, gay, a social gathering.
Stacher, stagger, to swing from side to side.
Stan, staun, stand.
Stance, a standing-place.
Stane, stone.
Stap, step, stop.
Stooks, piles of sheaves of grain set up on the field to dry.
Stoot, stout.
Stoup, pitcher, a measure.
Stoure, dust.
Strae, straw.
Strang, strong.
Streetch, stretch.
Strappin, handsome, girding.
Stule, stool.
Sugh, the continued rushing noise of wind or water, to rush like wind or water.
Sune, shune, soon.
Sweert, loathe, averse, unwilling, indolent, slow.
Syne, then, next.

Tak, take.
Tap, top.
Taucht, taught.
Tavered, silly in mind, crazy.
Tee, the point to measure from.
Tener, tender.
Teuch, tough, durable.
Thack, thatch.
Thae, these, those.
Theekit, thatched.
Theugh, pit.
Thocht, thought.
Thoo, thou.
Though, however.
Thowless, useless, slack, lazy.
Thrang, throng, busy.
Thretty, thirty.
Ticht, tight, well-knit.
T'il, toil
Tine, lose, forego.
Tint, lost.

Tither, other, t'other.
Tocher, marriage portion, bequest.
Toddlin, tottering of a child.
Toon, town.
Tow, rope by which the cage is let down the shaft of a pit.
Touzie, rough, shaggy; applied also to a careless dressing person, and to one with money.
Trig, right, neat, spruce, handsome.
Trowen, trowel.
Trummle, tremble, shake.
Tryst, bespeak, engage, engagement.
Twa, two.
Twalhours, mid-day interval.
Twalt, twelfth.
Twaree, two or three, a few.

Upo', upon.
Unco, strange, very.

Vera, very.
Vyce, voice.

Wa', wall.
Wae, woe.
Wean, child.
Waesucks, alas!
Walth, wealth, abundance.
Wark, work.
Warl, worl, world.
Warsle, wrestle, struggle.
Wat, wet.
Wather, weather.
Wauchle, to walk with difficulty.
Wauken, waken.
Wee, little, small.
Weege, wage.
Weel, well.
Weet, wet.
Wha, who.
Whack, share, portion.
Whae'er, whoever.
Wham, whom.
Whase, whose.
Whaur, where.
Whilk, which.
Whummle, to overturn, to turn upside down.
Wi, with.
Wick, to strike a stone in an oblique direction.
Wil', wild.
Winna, will not.
Winnock, window.
Woner, wonder.
Woul, would.
Wrang, wrong.
Wrocht, wrought.
Wud, wood.
Wus, wish.

Yur, your.

www.ingramcontent.com/pod-product-compliance
Lightning Source LLC
Chambersburg PA
CBHW031928060726
47496CB00008BA/2422